© **Copyright 2024 - All rights reserved.**

You may not reproduce, duplicate or send the contents of this book without direct written permission from the author. You cannot hereby despite any circumstance blame the publisher or hold him or her to legal responsibility for any reparation, compensations, or monetary forfeiture owing to the information included herein, either in a direct or an indirect way.

Legal Notice: This book has copyright protection. You can use the book for personal purposes. You should not sell, use, alter, distribute, quote, take excerpts, or paraphrase in part or whole the material contained in this book without obtaining the permission of the author first.

Disclaimer Notice: You must take note that the information in this document is for casual reading and entertainment purposes only. We have made every attempt to provide accurate, up-to-date, and reliable information. We do not express or imply guarantees of any kind. The persons who read admit that the writer is not occupied in giving legal, financial, medical, or other advice. We put this book content by sourcing various places.

Please consult a licensed professional before you try any techniques shown in this book. By going through this document, the book lover comes to an agreement that under no situation is the author accountable for any forfeiture, direct or indirect, which they may incur because of the use of material contained in this document, including, but not limited to, a errors, omissions, or inaccuracies.

How to Play Sudoku?

Sudoku is a puzzle Based on a small number of very simple rules:

1. A Sudoku puzzle consists of a 9x9 grid divided nine 3x3 boxes.

2. The objective is to fill in the empty cells with numbers 1 to 9,ensuring that each number appers only once in each row,each column,and each 3x3 box.

3. Initially,some of the cells filled with numbers.and you need ti use logic and deduction to fill in the remaining cells.

4. No row,column,or box can contain repeated numbers.

5. The puzzle is solved when all empty cells are filled and the above conditions are met.

To summarize,Sudoku is a number-placement puzzle where you need to fill a 9x9 grid with numbers from 1 to 9,ensuring that eacch row,column,and 3x3 box contains all the numbers exactly once.

Example:

The three question marks are in places where there is a missing value.
Because the rest of the line or box is complete, it's easy to find which value must be left:

- ✓ The only number missing from the horizontal row is a 2.
- ✓ The number missing from the vertical column is 8.
- ✓ The value missing from the box is a 6.

?								
7	9	5	4	8	3	1	6	?
6								
9	1	4						
8	3	7						
2	5	?						
7								
2								
4								

THIS BOOK BELONGS TO

1

	7		9	5	3	2	4	
	2	9			1	3		
6	3		7	2	4	1	8	9
2	5	3			8			1
	4	6	1	7	5			
8	1	7		3		4	6	5
7	8		3			9	4	
5		1	4			3	8	
3			5	8	7		1	2

2

	6	9	3	4	8	1	7	
		7				5		
8	4		7				6	3	9
7		4	9	1	2	8	5	
5	1		4			2	9	7
	2	8	5			3	1	4
6	8	2	1		9		4	3
4	5	3	8	7				1
1		7	2			5	6	8

3

5	4	6		9	1	2	7	3
		3	4	6	7	1	8	5
8	7		5	3		4	6	9
2	6		1	4	9			8
	1				6		9	
4		8			3	6	2	1
7	3		9		8	5		
6	8	2	3			9		7
1						3	2	

4

4				1	6	2	3	8
		1		4	8	3	5		7
	8		2	5	9		1	6
3		1						4
8	4	6	9	2			7	
2	7		3		5	8	6	
5		4	1		7	6		3
1	6	8	5		2		4	
9	3	7		6	4		5	

5

		4		2	9	7		
		7			3	8	6	
6	2	5	8	1		3	4	
7	4	1	2	9	8			5
	3	6	5	7				
9		8	1	3	6		2	7
		9	3	6		2	7	4
4		2	7	8		5	9	
		3	9	4	2		8	6

6

9	3	4		8		6	1	5
	2	5	9	1	3		8	
		7		4	6	2		
8		9	3	2	4			
5	1		7		8	4		
	7				1		2	9
7	9		1	6	5	3	4	2
3	5		4	7	2	9	6	8
2	4	6						7

7

7	3	4			5			
8	9		6	7		5		
6	2	5	8	9		7	1	4
9		8	7	2	1		4	3
2	1	3		6				5
4	7	6	5			8		1
	6			5		4	3	
5		9			2	1	6	
	8		1	4	6	5	2	9

8

	7					8	1	4
6	3		1	4		5	2	9
			8	2		7		3
8	4	1	7	3				6
2		7	9	8		3		1
5	9	3	2	6	1		8	7
4		6			1	9	7	8
			6	7	2	1		
	1	5	4	9		6		2

9

8		5			9	4		6
4			6	8	3	5	7	
7		6		4		2	8	3
1	6	8	3			7		
5	7	4	9	1		3		
9	2	3	4	6	7		5	8
3	8	7	1	9	4	6	2	5
6	4	9	7	5				
2					9			

10

4		2	7	9		3	5	1
9	7	3	1			6	2	
		1			2	8	9	
1	3		4	2				6
		2	5			7	9	4	3
7	4	9	6	3			8	
3		6			4		1	8
		4	5	8		7	6	9
		9		2	6	1		3	5

11

8	4		5			1		9
5	3	1	7			2	4	
7		6	2	1		5		3
2	5		9	3	1	7	6	8
3	8			7	5	4		2
	6	7		4	2		9	5
	2	5		8	9	6		
	1	8	3	5				
	7	3			6	8		1

12

8	4		2		7	3	5	
		5	6	4	8	2	9	
	2		9	3	5	8	4	1
			7		3		2	
3	5	2	1	9	6		7	8
7		1		5		6	3	
	7	4	5	6		9		
		3				1	4	
9	1	3	8	7	4	5		2

9		7	5	4	1			2
1		5	3			4		
4	6		8	7		1	5	
7	3	9	1	8	5		6	
			7		6	5		
8	5		4				1	7
3		2	6	5	8			1
5	7		9	1	4	3		6
6	9	1			7	8	4	5

13

8			7	5	3	1	6	9
	7				1	5	3	8
3	1		8	6	9		7	2
	4	6			5	2		1
9	3		6	1	8	7	4	5
	5		2			6		3
2	9	7				3	5	6
	6				2	8	1	
	8		5	3			2	7

14

15

6	7			4	9	5		3
4	5	2	6	3			1	
8	9	3	7			6	2	4
9				8			6	5
5					1		4	
	1			2		9		8
1		5	4		6	3	9	2
2	4	7	1	9	3	8		6
	6	9		5	2	4	7	

16

7			1	9	3	8	4	6
	9	6	8			3		
	4	3	5	7	6	1	9	2
6			7	3	8			1
	7			1		4	3	
		8		5	9		6	7
2	6		3	4	5	7		9
4			9	6		5	2	3
5					7	6	1	4

```
              7           4  1  2     2  3        8  1  7           4
  1  9        8           6        4  8           4              1  6
  4  6  2  5  1  3           9  7        9  1     3  6  8  2  7
           5  2  3  9                          2  6  8  1  7  4  9
  2  4  1           7  3  9           7  1  4     2                 8
  9  3  6  4        2        5                 9  4           5
  7  5  8  1  9  6  3  4  2     5           3  7  4  9
  3        4  7        8        6     9  2  3           8        7  5
           9  3        5  7  8  1  4  7     5  9  3  8  6
```

17   **18**

19   **20**

```
  2  1     6     9           3     2                       1
  3  7     4  2  5  1        7  1           4  5  6
        8  9  1        2  4              3  7  1        2  9
        4  5        6  8        1        4  8  3  9        7
  8     2  3  7  1  9  5     8  3  5  1  9           6  2
  9  3     8        4        2     9     7     2           8  1
  4     1  7  6  8        9     2  6  1  7  5        8     3
  7     3        1        6        7  3  8  1  4  2
  6           9  4        7  1  4  9  8  6  3        7  5
```

21

3			2	1	4	9	8	
8			9	5	7	4	3	6
5			8		3	1	7	2
7		1	3		6	5		8
	3		4	8		6	2	
			5	7	2	3	1	
1		4		2	5			3
6	7		1		9		5	
	5	3		4	8	7	9	

22

		5	7		3	9	2	8
	4	2	9	6	8		1	7
	9	8		1		4		
	7	6	8	3	9		5	
			6		7		9	
5	3	9			1	7	8	6
9	5	7	1	8	4			2
		4	3			1	7	5
1	2	3				8	4	9

23

8	4	3		6			9	
		1	4		8			3
	7	2	3		9	8	4	6
1	3			4	5	9	6	
7				3	2	5	1	
	5		7		4	3	8	
6	1	9	8	3	4	7	2	5
	8		9		6	1	4	
	2	7		3	8	9		

24

1	9	6		3			2	
2	7	3				8	1	
8	4	5	2		9			
6	5			8	3			
9		8	7		6	5		
3	2	7	4		5			1
4		9		7		1	5	8
5		2	9	4	1	7	6	3
7	3		6	5		9	4	2

5		4	3	2		7	1	9
9		2	5	1	7			6
1		6		4		2	5	
7		9	8	6		3	2	
8	6				3		9	4
4	2	3	1	5			6	7
		8	7	3		1		
3	4			8	1	9		2
2			4	9		6	3	

7	9	5	3	1	4	8	6	2
6	1	4	5	8			3	7
3			2	9				4
8		9	4			7	2	
		3	7	2	6			1
						5		
9	3	6	2		8	4	1	5
	7		1		5	6	3	9
5		1			9	2	7	8

25   **26**

27   **28**

7	2	6		1	8		3	
1	4		7			2		
5		9		4	6	7	8	1
8	7	2	4	6	1	9	5	
	5		3	8			1	2
			5	9	2	4	7	8
2			1	5		3	6	9
		5	8	2				7
4	1				9	8	2	

6	7	1	9		4		3	8
9				6		8		
8	4		7		5	6	9	2
3	6	4			8	9	7	5
5	1	7	3	4			2	9
				5		3	6	4
7						2	4	
1	9	6	4		3	2	8	
4		8		6		9	7	3

	4			1	8			2
2	3		7	6				
8	1	6				7	5	9
6	5	1	3	9	2	4	8	
		8		5		2	6	3
4		3		8	7		9	
		7		3	1	9	4	
	6		8	4		3	7	5
3	9	4	5		6	1	2	8

2		8	1	7		3	5	
		3	9			1	6	
			8	5		4	2	
4		7	2	6		8		5
5	3	1			7	2		6
6		2	3	9	5		4	
	1		6		8		7	3
3	2			1	9		8	4
	7	6	5	3	4	9	1	2

29 **30**

31 **32**

	2	8	5	7	9	6	3	4
4	6	7						5
5	9	3			1			
7		2			3			1
9	8	1		5	4	7	6	
3	4	6	1	8	7		5	9
2	1		7	4		3		8
8	7		9			5	1	6
		9			5	4		2

1	3	2		5		9	6	8
8				1		7		
9				6	2	1	3	
7		1					4	
2	5	3	7	4	1		8	9
			9	6	3		2	7	1
3	1	7	9			8		6
	2	4	1	8		3	9	7
6		8	5	7			1	2

33

7	5	2	9	6	1		4	3
6					3			
	1	3		4		6	5	7
2	9	4		3			8	
1	6	5	2		9			4
	8	7	4	5		9	1	2
	7	1	6		5			
5	3	9	7	2		4	6	1
8				1		7	9	5

34

5	3	2	4		1	8	7	6
	7	1					5	9	3
9		6				1		4
			5	3			8	9
		9	7	6		2	5	1
8	6	5	9	1	2		3	7
4	9	8	1			7	6	2
6			2	4			1	
		1	6		9	3		5

35

2	9	6	3	1		5		
1	5			4	6	2	8	3
4	3	8	7			9	6	1
6		1	8	3	2	7		
5	8	9	6		4			
3	7			5	9		1	
7		5	2			9		
	6				7		2	
9	2	4	1		3	8	7	5

36

9			6		7	3	8	
6	4	3	9	5	8	7		
8	7		2	3				
		5	7		1		9	4
					7	9	8	5
4	9	8	5	6	3		1	7
7	8		3	9	6			2
		6	4	7	8	5	1	3
5	3	9	1		4			

37

	7	4	2		5	1		
	2	6	1	7	5	8	3	4
		8			6			
4		1	6	3	9	2	8	7
7				1	4	3	6	5
8	6	3	5	2	7			1
		5	7	8	1	6	4	9
6	4		9		3			8
	8				2		5	

38

1	7	3		9	8		6	2
9	5			2	4	8		3
8	4	2			6	7	5	9
2	9		1	8	7	6	3	5
				6	3			
3		8		5			9	7
4	2			3	9	5		1
6	3		8					4
5	8	9	2		1	3		

39

6		7	1					4
9	1		8	4	7	3	5	6
	5	4	3	6	2	7	1	
5		3	2		6		7	
		8	7	1	5	6		3
	7	6			3	5	8	2
	2	1		7	8			
7		9	5	3	1			
3	8			2	4		6	7

40

		8		5	4	9	6	
	5	1	3	8	6	4	2	7
		6	1	9			3	8
	2		6			3		
8	4			2	5	1	7	6
			3			8	5	
5	6	2	8	1			4	9
3	8	9		4	7			5
7		4	5	6	9		8	3

41

	1	7			6		4	
3	6		9	4	8	5	1	
	4	7	6	5				
6	9	1	4	2	5	8	7	3
4	5	3	8			2		6
7	2		3		9			1
1		9			4	7		2
5	7	6	2	9	3		4	
2					6	9		5

42

9	4	8	6	1	3	2	5	7
		3		9	7	5	6	8	4
5	7	6	4	8	2	1	9	
4		7	8	5	1	9		6
	5	1		6		4		
		9			7	5	2	
6								5
7		3	5		6	8	4	
	8	5			4			9

43

3		4	6	8	1		7	9
	1	7	5	2	3	8		4
8	2	6				1		
6	8		3	5		7	4	1
2			7	1		6	9	5
		5	4		9			
4	6		1		5	9	3	2
	9				6	4	8	
	3	2	8	9		1	5	

44

3			6			4	2	1
8	5	6	2	1	4	9	7	
2	1	4	7			9	5	6
7		9	1		5			4
6			3	4	2	7		
4	3	1		8	7		5	
5		3	8	2	6	1	9	7
		2		7	1	3		5
		8				2	4	

45

8	1	7			3	4	9	
	2	9		7	1	8		3
3			6			1		7
1	7			8				2
4	8		7	2	5	9		1
			1	4	6		8	
7	6	8			2		1	4
5	3	1		6	4	2	7	
9	4	2	5	1	7		6	

46

2			4		5	6	7	8
7	5	8	6	2	1	9		
4	6		7	8	3	5	1	2
8		3				1		
1			3	6	8	4		5
6		5				2		
9	8	2		4	7			6
		4		5			2	9	7
5		6		3	9	8	4	1

47

1		4	6	3	8	9	2	
5				7	1	8		
3		8		9	5	7	4	
6	1		3	2	4			8
9		3	1	5	6		7	2
			7	8	9	1	3	
	3	6		4		2		9
	4			1		6	8	7
7	9		8	6	2		5	4

48

6	4	5			9	8		
		2	9	4	5	7	1	
8	1	7	2	6	3		4	9
1						2	5	7
5	8	3	7	1	2	4		
2	7	6		4		8		1
7	3	1	6	2	5		8	
		8			1			2
	6		8	7		3		5

49

	4	5			6		
	2	5	6	9		3	
3	6	7	1	2	4	5	
2		8	3	5		1	4
	1	3	8	4	6		2
4		6		1		5	
8		9	2		1	3	7
7	5	2	4		1		6
6	3	1	7	8		9	4	2

50

	3	9	4	8			5	7
2		4			6	9	8	1
8		6		9			2	3
3	8		6					
4	6		7	5	9	3		
9			8	2	3	7	6	
6	9	8		3	7		4	5
7		1	9		5	8	3	
5	4	3	2		8			9

51

5	7			9	8	6	3	
3		1	5				7	9
4		9		3		2		5
	1	8		2	5	3		
6	9	5		8			4	2
	3	4	6	1	9	7	5	8
9					4	8	7	
1	2		8		9	6		
		4	6	9	7	3	5		1

52

6			1		4	5		
4	1	2		3	5			7
3			6	2	7		9	
9	7	3		5	1	2	4	
5	2	1	3			9		8
	6	4	2		9	1	5	3
1	4				8		2	
7		9	5			8	6	4
2	8	6		9	3		1	

53

	5			3	2	9	6	
7	3						4	2
8	2		9	4	7		5	3
6	7	3	4	1	8		2	
	4	1	2			7	3	8
2		8			3	6		
4	8	7	1	2	5	3	9	
3		5	7			2	8	
			2	3	8		7	5

54

9						4	7	1	3		5

9						4	7	1	3		5
8	5		9		2						
		4			8	9					
	8	2		5	4	1	9				
5	4		2	1	7		3	6			
3	1	7	6		9		5				
		5	1	9	3	4	2	8			
2		1			6		7	3			
4	3	8	7	2	5	6					

55

4	7	5		6			2	3
		2		8	4	7	6	
8		6	7	2		5	9	
5	8			3	6	2		
3			8	5	1		7	6
6	4		2			3		5
2		8		4	5	1	3	7
1			3	7		6		
7	5	3	6	1	2	9	4	

56

	3	4	2	7	5	9	1	6
1	2	9		8	6	7	5	3
6	5		3	1	9	2	8	4
4		6	1					9
9	8			6		1		5
5		2	9				4	7
	4	8	5		1	3		2
3		5			7		9	
	9		6			5		

57

5				4	3			
	6			4	3	9	1	2
	3	4	1	6	2		7	
3		1	4		8	6	2	5
	8	5		1				4
6	4	9	2	5	7	3	8	1
1	9	7		8		4		
8	5		7	2			6	9
4	2				1	8		7

58

			7	4				1
3	1	8	6				9	
5	2	9	3	1		6		8
9	8		2	4		5	3	
	5				6	4		1
1	4	6	7	5	3			9
					8	5	6	4
	6	5	9	3	2	1	8	7
8		1	4	7		9	5	2

59

5	3	1	4	8	7	9	6	2
		7					5	
2	4		9	6	5	3		7
3		6	8		9		2	
4				7		8	3	
9	8		3	5	1	6	7	
1	6	3		9		7	4	
	5		6			9	3	
8	2	9	7	3	4			6

60

6	3	1	9	5	4	8		7
8			7	3	6		1	9
7			2	1	8	4		
1			8	6		7	4	
5	7	9	3		1	6	8	
4			5	2	7		9	
9		7		8	3	2		1
3	6	8			2		5	4
		4		9			7	

61

1		4			9			
3	8	2		9	1	5		6
9	6	7	5	3	8	2	4	1
6				5	3	1	8	4
5		1	8	4	9		2	3
		3			6	7	5	9
	9	8		1		4	6	2
4	1					3	9	5
2	3			6				1

62

				6		7			4		
3	2				9	5	1		8
	1	4			2			3
	5	9	3	2	4	6	8	7
7	4					3		
8		6		7	1	5	4	2
4	8	5	2	3		9		1
2		3	1	4				6
6	7	1	5	8	9	2	3	4

63

7	4	6	2	5		1	8	3
	1	5	6	3		9	2	
2			8	4	1	7	5	
1	7		3		4		6	
	6		5		2	4	1	7
	5		7			9	2	
5	8	7		6		2	4	1
9	2	4	1			3	5	
	3		4			7		

64

2			5	7			1	6	4
		7		1			8	5	3
8	1	6	4	5	3	2	9	7
			7	6	1	5		4	
	4	1	3	8				
5		3	9	7				8
	5	2	8		9			6
7	6	8	5	3	1	4		
3		4	2		7		8	

65

	6		7	5	4		8	
4			1			7	2	9
	7		8	9				5
2	1	7		3			4	6
5	4		9	2		3		1
	9		4	7	1	8		
	5	1	3	8			9	4
	3	9		4	5	6	1	7
7	2	4	6	1		5	3	

66

		3			1		6	5	4
9	6					8	3	2	
1		5			3	8		9	
4	1	3						7	
2		8	9	7	6		1	3	
		9	6	4	3		5	8	2
5		9	1		4	2	3	8	
6	8	2	3			1			
3	4		8	2	5		9		

67

5	3	1	9		6		2	4
2	4	8		1	5		6	7
	9		4					
4	2	3	7	9				
1		9	5		3	4	7	
		7		4		3	1	9
3	6	5	8		4		9	
9	1	2	6	3	7		4	
	7	4	1		9	2		6

68

9	6	4		8				
8		3	9	1	2	6	7	4
1	7	2	4	5	6	3	8	
		9	1		7		4	3
		8	5	2	3			
		7				8	5	2	6
7		8	5	4		2	6	1
4	2	9	8					
5	1		7			3	4	9

69

9	5	3			7			1
	6	2	8					5
7		4	5		2	3		9
	1	8	2		9	5	4	
4	9	5	1	8	3	6	2	7
	2		9			1	3	
		9	4	2	1		7	
8			3	6		4	9	2
2		6	7		8	5	1	

70

8		2	6	3			7	4
4	5				8		3	6
6		3	7	4	5		1	8
7	3	6	5	2				1
	2	4	9		1	6	3	
	8	9	4	6	3		2	
	7		8	1	6	2		
3			2	5		9		6
2	6	1	3		4	8		

71

2	7	4	5	6		8		9
5	8	3	2	9	7	1		
	6		3	8		5		7
4	3	8	7		2	9		
				5	2	7	3	
7	2	5	9		6	4		
		2		9		4		
	9	6	4		3	7	1	5
	4	7	6	5		9	2	

72

8	5	7	1	3			6	2
		1	2			9	7	8
	3	9	7		8	5	1	
	7	3	9	5		8	4	
		4	3	7		2	5	9
9	6		4	8	2			
5		1	2	9		6	8	7
3	9	6	8			1		
7			6		5		9	

73

	8		4	2	9	6		3
4	6				8	2	5	9
		2		1	5			7
	4	3	7		6		2	5
6	2	5	1			7	9	4
	7				4	3		1
2	9	4		3			7	
3	1	8	5	6	7		4	2
7	5	6			2		3	

74

	5				3	9		
	4	9		8	2	3		5
1	3	7	5		9			
3	7	6	2	1	4	5	9	8
9	8	4				2	1	
5	2				8	7		4
7	6		8		1	4		
	9		4	7	6	1	3	2
4	1	2	3		5	6		

75

7		8		1		4	9	3
1	6			2	4	8	5	7
5	3	4		9	8	6		
		3			5	9	8	6
			4		9	3	7	
9			6	3	1		4	
6		5	8	4	3			9
8	9			6	7		3	4
3		1	9	5	2			8

76

		8	2	6	9		1	5	
	5				8			7	6
2	6	3			1	5	9		4
			1		7		5		
4	8	6	5			1	7	3	9
		2		9	3	6		4	1
	3	5			4	7		2	8
8	1		6					9	7
			8	9	3	4	1	5	

77

		9	8	7		3	2	1
8	7	4	3		2		5	9
2	1	3	5	6		7		
3			4	5			7	2
7	6	5	2	8		3		
4		1		3	7			6
5					3		1	7
	3	7	1		8		6	5
1		6		2	5	8		3

78

9					3			5
3			6	7	9			8
	1	7	8	5	2	4	9	3	6
2	8	3		4	1			
7		9	2		5	3	8	
5	6	4	9	3	8	7		1
8		7	1		2	6		
4	2	5						
6	3		4		7	8	5	2

79

4	8		1		6	9	2	5
3		6	9	5		8	7	
5		9		8	4			1
			5		3			8
7	3			4				
	5	2			8	7	4	3
8	9	4	3	2		1		7
	6	5	4	9	7	3		2
	7	3	8		1	4	5	9

80

1	3	6		2	7			
			3					1
8	7	4		1		3		2
2		7	4	5	8		3	
		3			6	9	2		4
4	5	9	7	3	1		2	
6	8	2		7			9	3
5		1	9	6	3	2	7	8
7	9			8	4	6		5

81

	5			3	7		1	9
4		6	5			7	2	
7	9			8	2	3		6
	8				9	4	3	
1	7		2	4	3			5
5	4	3		9			7	1
		4	3	2	1		8	7
3	2	5	7	6			9	4
8	1			5	4		3	2

82

8	1	6		3	4	5	7	
7			4	2		8	9	1
5			1		7	4	8	
		8	3	2	9			6
1		7	4	8	6	3		5
		3				1	2	4
3	7		8	4		6		9
2		9	6		3	8	5	7
6				9			3	4

83

9			6	3	1		7	
1	8			5		2	3	
3		2	4		8	9		6
5	1				6			2
4	9	3	5	2	1	6		8
2	6	7	8	9		5	1	3
	3				9	8	2	5
	5			8	2		4	1
	2	4			5	3		9

84

6		8		4		1	5	3
		1		9	5	8		
5			4	8				2
8			1	3	2	7	4	
	4	7	5	8	6	3	2	1
3		6			9		7	8	5
	8	9			1	5	2	3
1			2	3	8	6	4	9
2			4		9		1	

85

	3	8		1			9	7
2	7			4	5	3	6	
			7	3	8	2	1	4
8	9	4			6			3
			9	4	7	2	6	
6	2	7		5	1			9
7	4	2	5					1
3	5	6	1			9		2
1	8	9	4		3	6	7	5

86

4		5		1	7		8	
	6	3	5	9	2	1	4	
	2	7	8		3	6	5	
7	5	8	1		4		6	
9			7	8	6	4		5
6		2			9	7		
	1		2	6	5		7	4
5		6				2		1
2		4	9	7	1		3	6

87

8	3	5		2		6		4
	2		8	4		1		5
7	4	1	9		5	8		
4				5	8		6	
	7				6	3	2	9
	1		3	9	7	4	5	8
9			6	7	2	5		3
	6	2	5		4			7
3	5		1		9	2	4	6

88

	3		8		6		7	2
5			3		7	9	8	4
1	8	7	9			3	5	
3		4		8	1	2	9	
	9	2			4		1	5
6			2	9				8
9	4	5	1	6		7	2	3
7	6	3	5	2		8		
2	1		4				6	9

89

2	1		5		4		7	6
9		7	1	3	6		5	2
	6	4	2	9	7			1
		2	4			5		9
4	9	1		6				
			9	7	2	1		
8	2	5		4	9	7	1	3
1	3			2	8		4	
7	4	6	3		1		9	8

90

	8	7	3	9	2			4
3	4	5	8	7	6		2	1
	9	6			1			
		8	1		9	7		
5		1	7	2	8		3	9
9	7	2				3	1	5
7	5	3	2		4	1		8
	1	9						6
6	2		9	8		5	7	3

91

		7		8	1	3	2	
9	1	4		3	5	6	8	7
3	8		6	7		1	9	5
8		3				5	7	
	4			5	2	9	6	3
2				9			4	1
4		9	7	1	8			6
1		6		2	9	4	3	8
5			4	6		7		

92

4	8	1	9	5	3			
3		7	8		6	4	9	5
	9	6		7	4	1	8	
	6	8	7			1	3	5	9
		3			2	8		6
	1	5	6		8	2		
8			3	6	9	7	2	1
6	7			8	5		3	4
1	3						6	

93

4	3	1		9	7		5	
	8			7	3	1	4	6
	2	7	1		9		8	7
	7			6	2	8		
1	9		3	8		5	6	7
6	5	8	9	7	1			3
	6		2		8	1	9	4
	1	9		4	3	2	7	
	4	5		1	9	3		6

94

	9	1	7	4	2	5	6	
4	6		9	1	8			
7	2	8	3		5	9	1	4
	3	2	1	5	9	4	8	
			8	2	7	3	9	6
	7		4		6	2	5	
2		6				8		5
		6	7				4	
1			8	4	6	3	9	

95

	3	4	7	9		6		
7	8		2	1	5	9	3	4
2	1	9	4	3		7	5	
	7	3	9	6		1	8	
9			3		4	2		
		8	1	5	7	4	9	
		5	6		1			
		2	5		3	1	7	
1	4	7	8		3		6	9

96

			9		3	5		
3		5		2	8	1		
7				3	6		4	8
	2	7	6			4	3	1
	3	9	1	7			6	5
4	6	1	3	5	2	8	9	
1	4		9	6		5		3
	5	6		1		7	8	
2	7	3	8	4		6	1	

97

8	9				5	4	6	7
4	5	7	6	8		3	9	1
	3	6			2			
2					1			9
9	4	5	2	6	8		7	
7	1	8		3			5	
	2	4	7	5		9	1	8
3				4	9	5		
5	8	9	1	2	6	7		4

98

		3	9	5		8		2
	7	2	8			4	1	
6		8		4	2		7	3
3	5		6				9	
	2	4		1	9	6	5	8
9	8	6	5	2	4	7		1
1	4	5		8		9		7
2	3		4		5	1	8	
8	6		2	9		3		5

99

3		5	2	4	1	7	9	
		1		9		2	4	3
	9		8	3	7	1		5
	7		3	8	2	5	1	9
	2	9		5	6	4	3	7
	1	3	9	7	4	8		
			6			7	4	
		7		3		5		
6	5	7		1	9		8	2

100

1	4				8	7		5
7	9			1			8	2
		2	5	4	6	7	1	3	9
2	1	9	8	4			6	7
5				6		1	8	
		6	8				2	5	1
6	5				8	2	3	
		8			7		5	1	6
3	7		1		6	9	2	8

101

9	5				4	3	1	
2		7	8	1	3		5	9
	3			5	9	8	7	2
			8		2			7
3		9	5		1	8	6	
7			1	9		5		3
	6	2	9	3		7	1	4
8		4	7	6				5
	7	3		4	5	9	6	8

102

				1	7			9
	2	8		1	4	6		5
7	6	5		2			4	1
5	9	3		4		7	8	
2	7	6	9		8	1		4
		4	2	5	7	9		
	2	5	7	3	4	1		
3		9		8	6	5	2	7
1			4	9			6	3

103

5	4			6		8		9
9		1	4			6		
7	6	2		9	5	1		3
8		9		3		5		2
	1	6	5	2	9	4		
	2	5			7	9	3	6
2	5	7		4	8		6	
1		4	7		6	2		8
6	9	8	3		2	7		4

104

	2	9		3	7		6	
8		4	6	5	9	3	7	
3	6				1		5	
1	4	5		3	2			7
			6	7		4		9
	7	3	8		4		1	6
	5	2	1	9			4	3
7	3		5		2		9	1
9	1		7	6	8	2	5	

105

3	4	5	1	8		6		2
8			9		5	3		
	9	2	6	4		8	7	5
6	1		3		8	9	2	
5		2	7	9	1	6		
2				1	6		8	7
4		1		6		7	3	9
7		5			2	1		
9	2	8	7	3				6

106

					9	3		7	2
		1	4	6	7	8		3	
		3		2	1	6	8	4	
1	2	7	8	5		3		9	
8		9	7			1		2	
4	3	6	1	9			5	7	
9	4	2	3	8	7			6	
		8	4		9	2	7		
7	1	2		5				8	

107

1	9	7	4	3		8	2	
6	5	3	8	2				1
4	8	2	7	1	5	6	3	
		3			9			
2	1	8	5	9		7	6	
9	3	6	2	7	1		8	
		5	9		3	1	4	
8			6				9	
3	6	9	1	4	7			

108

		3				4	5	6	9
4	9	1		6	8	5			
		6		7		9	1		4
1		9	8				3	4	7
8			4			3	2		
6	4				2			5	8
2				4			6	9	
	7	4	5	6	1		8	2	3
3	1	6	9	2			4	7	5

109

4		9	3	8			1	
7	6		1	2	4	9	5	8
2				6			3	7
			8	7	2	6		9
8					9	3		2
	2		6	4	3		8	
6	3			9	1	8	2	
1	9		4		8	7	6	3
	7	8	2	3	6	1		4

110

1			3	4	2			6
	7	2	8			3		
4			6	9		1	2	8	5
3	6						1	
8			6	1	3	5	2	4
2	5	1	4	8	7		9	3
		9	2	5		4		
5		8	7	3		1	6	9
6	4	3	1	9	8	7		

111

9	6	8		2				
4	2	5	7		3	8	9	1
		1		9		2	4	6
	3	4			2	6		
1		2		8	6	3	7	4
6	8	7	9		4	1		
3			2	5	8			7
	5	9	3	1	7	4		
8			6	4	9		2	

112

2	6	7				9	5	3
		9	5	7		6	2	1
	5		2		9	8		4
	7	8		9	5		4	
5	2			1	6	7	9	8
1	9	4	7	2	8	3	6	
	1					2	8	
9				4	2	5	1	7
7	8			5			3	9

113

2			9	1			5	
8		4	7		6	2		9
	5	9	8	2	4		6	3
	4	2	3	8	5	1		6
6	8	5	1			3	9	2
7				2				
4	9	1			6			
3		6	4	7	1	9	8	
5	7	8	2	6	9		3	

114

6	4		7		3	8	5	9
	8	7		2	9	6	1	3
3			6		8			7
4	1		9	6	2		8	
	2	5			4	9	6	1
		8		7				2
		9	2	4	1	5	3	
2	5	4		9		1	7	8
1				8		2	9	4

115

6	7			8		9	4	
5	2		9	4		7	1	8
9			7	2	1	6		5
		5		7	3		2	
	6	7	2		4			9
8	1	2	6	9	5	4	7	
2	3		4		9		8	
	4	9	8	5				2
7	5		3	6	2			1

116

			1			6	2	3
	2		3	5			7	
4		8	2	1			5	9
2	1			6			9	3
7	6		4		3	1	8	5
3		4	1		5	7		2
	9		5	7	1	3	4	6
	5	3	8	4	2			7
1		7	6	3	9		2	

117

5	9		1	4	8		6	
	8	2	5			4	3	
		1	7		3		9	8
8		6	4	5		9	7	
2		7	3	6			8	4
	1	9	8		2	3		
3	6	5	2	1	7			
9	2	8	6	3	4	7		5
	7	4			5	6	2	

118

1	3			6	7			
		4	9	1			8	6
8		9	2			3		1
		6				5	4	7
3			4	7	2	6		9
4	7	1	5		6	8	3	2
	4			3				8
9	2	8	1	4	5	7	6	
6		3	7	2	8	9	5	4

119

				2		9	4	8
1	9				8			7
8	4	6	9	7	5			2
9	7		3		4	2	1	5
2	1				9		7	
		3	7		2	4	8	9
3	6	9			7		2	1
5		1	2	9		7	6	
4	2		1	8		5	9	3

120

1	7	5	8		9	3	6	2
	4	3	6			1		
	9			1		5	7	4
	1	6	3	8			9	7
3	2	9		7	6	8		1
			9	2		4		6
9	3	1		6	2		4	
7		4	1	3	8		2	5
5	8				4	6		3

121

	5	3	2	9	4			6
	4	2	3		1	7	9	5
	1	9	8		5	3		
	9		7	3		6		
	6	1	5	4			3	
3		4	9		6	2	5	
4	2		1	5	9	8		3
	3	5			7			9
9		6		2	3	5	7	1

122

1				4	6		5	3
	8	6	9	3			2	4	7
	3	5	4	9	2	7	8	6	
		9						1
2				7	9	6			3
			6	1	8			5	2
6	8		5		2	1	9
				6		9	3	7	8
9	4	3		7	1	6	2	5

123

8	7	2		3	5	9		1
5		1	4	9	8	2	7	3
		9	1				6	8
3		5				4		
7	9		8	2	4	3		1
2	4	8	5		3			
1	5		3	8	9	4		6
9	2			4				5
6	8	4			1	7	3	

124

	2		7	1	4	8		9
	1	8	3	2	9			7
7	9	4	8					1
1	6	9	2	3	8		7	5
2	5		4			1	9		6
	4	7	5		6		2	
6				4	3	5	9	
		5	6				7	1
	8		9	5		3	6	2

125

2	7		6			1	3	5
5	9	3			7	2		6
			2	5		8	9	7
1				9		6	8	3
	8		4		1		7	2
7	6	5			8	4	1	
6		7	9			3		8
		4	5	7		9	6	1
9		1	8	3	6		2	4

126

	1					3		4
9	5	7					2	8
2	3		8	1	5	9	6	7
3	8	9		5		2		
	6		9	8	3			1
1		5	6			8	9	3
8	9		2	4	1	7	3	5
	2			7	8	6		9
5		1		6	9		8	2

127

			9	1			2	8
3		1	6		8			
8		2	7	3	4	9		1
			8		2	7	4	
2		6		7	1	5	9	3
	7	4		6		8		2
5	2	9	3		6		7	4
4	6		1	5	7	2		9
		1	8		9	6	3	5

128

6	5		4	7		1	3	
	1		3	5	8			7
2		7	3	6	1		4	
	7	1				2	3	4
			5			9	4	7
8	2	4				5	7	3
			9					6
	9	2				6	8	5
3	6		2	1	8		7	4

129

1	8			6			4	9
5	2				9	3	1	6
	9		3	4			5	
8		1	5		7			4
3	5			1	4	2	7	
4	7	2	9	3	8	5	6	1
	3		1		2		8	7
2	4			5	6		9	
9	1	7			3	6	2	

130

			4			2	6	3	8
	1		7	4			9	2	5
8	9	2		6	5	4	1		
	3	1		9	7	5			
6		7	4	8	3		9	2	
4	8		2	5			6		
1	4		8	7	6	2		9	
	2	5	1		4				
7		8	5		9			1	

131

	5	4		8	1	7	3	
	3		4		2	9	8	
	7	8	9	3	1			4
		2	3	8		1		
5		9		7	4		3	2
8	1			2	5	9	4	7
3	2				4		1	
		5	8	1		7	2	6
6	8	1	7	4	2	3		

132

1	5	8						6
3	4	2	6	7	1	5	9	8
6			9	3	8	5	1	4	2
9	1	4	5		6	8	2	7
	2	3			9			4
8	6	5		4	2	3	1	
			6	3		8	5	
5		6	4	9				1
4			2		7			

133

	8	1	9	7	2	4		
7	4	3		6	8		1	
		9		1	4	8		6
	9	4		8			5	1
8	1	6	2			3	4	7
5	2	7			3	6		8
	3			9	5	7	6	
9	6		4		7	1	8	3
	7		6			2	9	

134

5		7	2	6	4		1	
		9	5	7	1	3	4	6
6			8	9			5	2
7	6	8		5	2	1		4
1	9	2	7					
3	5		9	1	8	6	2	
				3		2	8	1
		6	4	8		9	7	
9			1	2	7		6	5

135

9	5	1	4	3	6			2
		2	7	1	9		6	
	6					9	1	
8		5						4
7	3	4		9	2	8	1	
			5	4	8	3	7	9
		3		2	7	9		8
2	7	9		5	3	1	4	6
5	1	8	9		4		3	7

136

7		4		3	6	1		9
9				7	8	2		
		3	9		2	4	6	7
5	7	8				9		2
4			8	9	7		3	5
3				5				
	8	5	7	2	1	3	9	4
1	3		6	4			2	8
2	4	9	3	8	5	7	1	

137

7	3	5	1			2		
9	8	4	2	7		3		1
	6	1	3	9	8	7		5
		9	6	4		5	1	
1	4		5		9	8		6
3	5		7			4		2
4						6	5	7
6	9		8			1	2	4
5	1	7	4			9	3	

138

6	9		8	4	5	7	2	3
7	8		6	2		1		
2	3	5		1		8		
9	4	7	3	6	2	5		1
		2	4			6		9
1	6	8	5		7			2
	2			3		4	5	
4	7	3	9	5		2	1	
	1	6		7			3	

139

		5				2	6	4
2	7	1		9	6	3	5	8
4	6	8	5		2	7	1	
	4			5			8	
6	5		8	1	9	4	3	7
8	1			6			9	2
5				2	1		4	
		6		4	5		7	1
1	9	4		7	8	6		5

140

6	7		5		8	4	9	2
	9				4	7		
4	3	2	9	6	7	8	1	
1	6	7		8		2		4
3	4		6	1	2			
2		9		7	5		6	
9	1			4		5	7	
8	5		7		3		2	
7	2	6	8	5	1		4	

141

		2		8	3	9	6	4
6	3		9	4			1	5
	9	8	1	6	5	2		3
1	5	9	8	7	4	6		
2				3	1	4		8
3		4	2	9				
	2	5	6	1	9			
9	4	1		2		5		6
	6	3	4	5		2		

142

2	6			4	5		1	8
7	5	1	9				4	6
	4			1	2			7
	9	2	3		4	6	7	
5	7	6	2	9			8	
			5		7	1		9
9	8	4		5	3	7		2
	2	5		7	9	8		
3	1	7	8	2		9		4

143

3	4	7	5	1	2	9	6	8
6				9		2	7	
				7		1	5	
7	9	3		4	5	8	1	6
4			8	3				2
1	2	8	7	6	9	4	3	5
9								7
	3		9	2		6		1
	7	1	4	5	6	3		9

144

7		3	1		6	8	4	2
	8	9		3	4	5	1	
2	4	1	5	7	8	3		9
	7	5	9			2	3	6
1	2	4	3	6	7		5	8
		6	8		2		7	
	3				9		2	4
	1	7		2				
		2		8		1	9	3

145

7		2			5		4	3
	9	3		4			5	8
				2		9		6
2	3	7	4	5	1	6	8	9
1	6	8	2	7		4	3	5
4	5	9		3	8	7	1	2
9		5				6	7	
3		6	7	8	4			1
8			5	9	6	3		

146

		4			5			3
3		6	4	2		1		
	2	5	3	8	1	4		9
9	3		5				8	1
4	8	1		6		5	2	
	5	7	8	1	2	9	3	4
5	7			4	8	3	1	
1				3		7		2
2		1	7	9	8	4	5	

147

		4	8		3	6	5	7
5	3	6	2	4		8		
8	9	7	1		5		2	
	6	1		7	9		4	2
		8		1	6	7		
	7	9			2	5	1	6
	1		7	3		4	6	
6		3	9	5	1	2	7	
		5	6	2	4		9	

148

5	7	1	2	3	4	9	6	8
		6	1	9	5			7
3	9		8			5		1
		3		5	8	2		6
				9		3		4
4	6					3	9	5
9	4	2	6		7			3
	5	7				6	1	9
	1	3	5	8	9	7	4	2

149

3	5	9		2	8			6
1	4						3	5
			3	5	4	1	9	
2		1		7	5	9	8	
	9		2		6	1	7	
8	7			1	9	5		3
9	1	3	5	6	2	7	4	8
		8	9	4	7			1
7				3	1		5	9

150

9		7	2	3	4		8	6
8	2	1	9	6	7		4	3
6		3	1		8			2
		5	8			2	3	7
	6	8	7	2				1
4	7	2		9	1	6		
2	1				3			9
5	3	9				8		4
7	8		4		9	3	2	

151

9	1		6	2				7
5	2	7	4	3	1	6	8	9
	6				7		1	
8	5	1		6	2	9	7	4
3	4	9	7	8		2		
6	7				9			5
	3	5	2	9	6		4	8
			7	3	1			6
7		6		1		5	2	

152

6		1	8	2		7	3	4
			1	7	6		2	
9	7	2			3			
8		5		6		3	1	
4	3	7		1	2	6	5	8
1	9	6	3	8	5	4		2
5	6	8			7		9	
2	1	3	6	9	8	5		
		4					8	6

153

1		8		2	7		6	
6		2	4		1	7		3
4	7			6		1	2	9
	4	7	8	9	2	6		
		9	5	1	3		7	4
2		3	7	4		9		
		4	2	3	9	8	1	
	8		1		3			2
3	2	1			4	5	9	7

154

8	6	1		7	4		5	2	3

8	6	1	7	4		5	2	3
5	4		8		2	9	1	7
2	7				5	8	6	4
4	9				8	1	7	
		8		4				5
	2		5	9	1	4		
3	5	7		8				9
6		4	9	2		3	5	1
	1		4	5		7	8	

155

		7		1	8	9	6	5
	5		6				7	1
	1	2	5		3	8	4	
2	8	5		9		1	4	6
7		4			5			2
1			2	5		3	7	
		3	9	4	7	6	1	
4	6		3	8	2	7	5	
9			1	5	6	4		3

156

	9				5	1		3
3	6			2	1	7		8
8	1	4		7		2	9	
	4	2	5		9	3		
9	7	1		3		4		2
5	3	8	7	4		9		6
	2			5	8	6	7	
7	8	6			4	5		
4	5		1	6	7	8	2	9

157

		7		1	8	9	6	5
	5		6				7	1
	1	2	5			3	8	4
2	8	5		9		1	4	6
7		4			5			2
1				2	5		3	7
		3	9	4	7	6	1	
4	6		3	8	2	7	5	
9			1	5	6	4		3

158

	9				5	1		3
3	6			2	1	7		8
8	1	4		7		2	9	
	4	2	5		9	3		
9	7	1		3		4		2
5	3	8	7	4		9		6
	2			5	8	6	7	
7	8	6			4	5		
4	5		1	6	7	8	2	9

159

4	9			2			7	5
5	3		6	7	9	8		2
8		7	5	1	4	6		9
3	5	4			6	2	8	
2	1		8	3		5	6	
	6		4		2	9	1	3
		2	7		1	3	5	
	7					9	6	
	8			4	3	7	2	1

160

	2	9		8				7
6	1	8	7	2	4		5	9
5			7	9			8	
		5			4	6	7	2
9	8	2	6	7	3		4	5
4	7	6	2		5	9		
7			1	9			6	4
	6	4		5	8			1
	9	1	4	6	7	5	2	3

Results

1	7	8	9	5	3	2	4	6	2	6	9	3	4	8	1	7	5
4	2	9	8	6	1	3	5	7	3	7	1	6	9	5	4	8	2
6	3	5	7	2	4	1	8	9	8	4	5	7	2	1	6	3	9
2	5	3	6	4	8	9	7	1	7	3	4	9	1	2	8	5	6
9	4	6	1	7	5	8	2	3	5	1	6	4	8	3	2	9	7
8	1	7	2	3	9	4	6	5	9	2	8	5	6	7	3	1	4
7	8	2	3	1	6	5	9	4	6	8	2	1	5	9	7	4	3
5	6	1	4	9	2	7	3	8	4	5	3	8	7	6	9	2	1
3	9	4	5	8	7	6	1	2	1	9	7	2	3	4	5	6	8

5	4	6	8	9	1	2	7	3	4	9	5	7	1	6	2	3	8
9	2	3	4	6	7	1	8	5	6	1	2	4	8	3	5	9	7
8	7	1	5	3	2	4	6	9	7	8	3	2	5	9	4	1	6
2	6	7	1	4	9	3	5	8	3	5	1	6	7	8	9	2	4
3	1	5	2	8	6	7	9	4	8	4	6	9	2	1	3	7	5
4	9	8	7	5	3	6	2	1	2	7	9	3	4	5	8	6	1
7	3	4	9	2	8	5	1	6	5	2	4	1	9	7	6	8	3
6	8	2	3	1	5	9	4	7	1	6	8	5	3	2	7	4	9
1	5	9	6	7	4	8	3	2	9	3	7	8	6	4	1	5	2

3	8	4	6	2	9	7	5	1	9	3	4	2	8	7	6	1	5
1	9	7	4	5	3	8	6	2	6	2	5	9	1	3	7	8	4
6	2	5	8	1	7	3	4	9	1	8	7	5	4	6	2	9	3
7	4	1	2	9	8	6	3	5	8	6	9	3	2	4	5	7	1
2	3	6	5	7	4	9	1	8	5	1	2	7	9	8	4	3	6
9	5	8	1	3	6	4	2	7	4	7	3	6	5	1	8	2	9
8	1	9	3	6	5	2	7	4	7	9	8	1	6	5	3	4	2
4	6	2	7	8	1	5	9	3	3	5	1	4	7	2	9	6	8
5	7	3	9	4	2	1	8	6	2	4	6	8	3	9	1	5	7

5　　　　　　6

7　　　　　　8

7	3	4	2	1	5	8	9	6	9	7	2	3	5	6	8	1	4
8	9	1	6	7	4	3	5	2	6	3	8	1	4	7	5	2	9
6	2	5	8	9	3	7	1	4	1	5	4	8	2	9	7	6	3
9	5	8	7	2	1	6	4	3	8	4	1	7	3	5	2	9	6
2	1	3	4	6	8	9	7	5	2	6	7	9	8	4	3	5	1
4	7	6	5	3	9	2	8	1	5	9	3	2	6	1	4	8	7
1	6	2	9	5	7	4	3	8	4	2	6	5	1	3	9	7	8
5	4	9	3	8	2	1	6	7	3	8	9	6	7	2	1	4	5
3	8	7	1	4	6	5	2	9	7	1	5	4	9	8	6	3	2

8	3	5	2	7	9	4	1	6	4	8	2	7	9	6	3	5	1
4	1	2	6	8	3	5	7	9	9	7	3	1	5	8	6	2	4
7	9	6	5	4	1	2	8	3	5	6	1	3	4	2	8	9	7
1	6	8	3	2	5	7	9	4	1	3	8	4	2	9	5	7	6
5	7	4	9	1	8	3	6	2	6	2	5	8	1	7	9	4	3
9	2	3	4	6	7	1	5	8	7	4	9	6	3	5	1	8	2
3	8	7	1	9	4	6	2	5	3	5	6	9	7	4	2	1	8
6	4	9	7	5	2	8	3	1	2	1	4	5	8	3	7	6	9
2	5	1	8	3	6	9	4	7	8	9	7	2	6	1	4	3	5

9   **10**

11   **12**

8	4	2	5	6	3	1	7	9	8	4	9	2	1	7	3	5	6
5	3	1	7	9	8	2	4	6	1	3	5	6	4	8	2	9	7
7	9	6	2	1	4	5	8	3	6	2	7	9	3	5	8	4	1
2	5	4	9	3	1	7	6	8	4	9	6	7	8	3	1	2	5
3	8	9	6	7	5	4	1	2	3	5	2	1	9	6	4	7	8
1	6	7	8	4	2	3	9	5	7	8	1	4	5	2	6	3	9
4	2	5	1	8	9	6	3	7	2	7	4	5	6	1	9	8	3
6	1	8	3	5	7	9	2	4	5	6	8	3	2	9	7	1	4
9	7	3	4	2	6	8	5	1	9	1	3	8	7	4	5	6	2

9	8	7	5	4	1	6	3	2	8	2	4	7	5	3	1	6	9
1	2	5	3	6	9	4	7	8	6	7	9	4	2	1	5	3	8
4	6	3	8	7	2	1	5	9	3	1	5	8	6	9	4	7	2
7	3	9	1	8	5	2	6	4	7	4	6	3	9	5	2	8	1
2	1	4	7	9	6	5	8	3	9	3	2	6	1	8	7	4	5
8	5	6	4	2	3	9	1	7	1	5	8	2	4	7	6	9	3
3	4	2	6	5	8	7	9	1	2	9	7	1	8	4	3	5	6
5	7	8	9	1	4	3	2	6	5	6	3	9	7	2	8	1	4
6	9	1	2	3	7	8	4	5	4	8	1	5	3	6	9	2	7

6	7	1	2	4	9	5	8	3	7	5	2	1	9	3	8	4	6
4	5	2	6	3	8	7	1	9	1	9	6	8	2	4	3	7	5
8	9	3	7	1	5	6	2	4	8	4	3	5	7	6	1	9	2
9	2	4	3	8	7	1	6	5	6	2	4	7	3	8	9	5	1
5	3	8	9	6	1	2	4	7	9	7	5	6	1	2	4	3	8
7	1	6	5	2	4	9	3	8	3	1	8	4	5	9	2	6	7
1	8	5	4	7	6	3	9	2	2	6	1	3	4	5	7	8	9
2	4	7	1	9	3	8	5	6	4	8	7	9	6	1	5	2	3
3	6	9	8	5	2	4	7	1	5	3	9	2	8	7	6	1	4

2	3	6	8	1	7	5	9	4	5	8	7	9	6	4	1	2	3
8	7	5	4	9	2	1	6	3	1	9	3	8	2	7	6	5	4
4	9	1	5	3	6	8	2	7	4	6	2	5	1	3	8	9	7
3	5	2	6	8	1	7	4	9	8	7	5	2	3	9	4	1	6
7	1	4	9	2	5	6	3	8	2	4	1	6	8	5	7	3	9
6	8	9	7	4	3	2	5	1	9	3	6	4	7	1	2	8	5
5	6	8	3	7	4	9	1	2	7	5	8	1	9	6	3	4	2
9	2	3	1	6	8	4	7	5	3	2	4	7	5	8	9	6	1
1	4	7	2	5	9	3	8	6	6	1	9	3	4	2	5	7	8

17　　　　　　　　　　**18**

19　　　　　　　　　　**20**

2	1	4	6	8	9	5	3	7	3	5	2	9	6	8	7	1	4
3	7	6	4	2	5	1	8	9	7	1	9	2	4	5	6	3	8
5	8	9	1	3	7	2	4	6	6	8	4	3	7	1	5	2	9
1	4	5	2	9	6	8	7	3	1	2	6	4	8	3	9	5	7
8	6	2	3	7	1	9	5	4	8	3	5	1	9	7	4	6	2
9	3	7	8	5	4	6	2	1	9	4	7	5	2	6	3	8	1
4	2	1	7	6	8	3	9	5	2	6	1	7	5	9	8	4	3
7	9	3	5	1	2	4	6	8	5	7	3	8	1	4	2	9	6
6	5	8	9	4	3	7	1	2	4	9	8	6	3	2	1	7	5

3	6	7	2	1	4	9	8	5	6	1	5	7	4	3	9	2	8
8	1	2	9	5	7	4	3	6	3	4	2	9	6	8	5	1	7
5	4	9	8	6	3	1	7	2	7	9	8	2	1	5	4	6	3
7	2	1	3	9	6	5	4	8	4	7	6	8	3	9	2	5	1
9	3	5	4	8	1	6	2	7	2	8	1	6	5	7	3	9	4
4	8	6	5	7	2	3	1	9	5	3	9	4	2	1	7	8	6
1	9	4	7	2	5	8	6	3	9	5	7	1	8	4	6	3	2
6	7	8	1	3	9	2	5	4	8	6	4	3	9	2	1	7	5
2	5	3	6	4	8	7	9	1	1	2	3	5	7	6	8	4	9

21　22　23　24

8	4	3	5	6	7	1	9	2	1	9	6	8	3	7	4	2	5
9	6	1	4	2	8	5	7	3	2	7	3	5	6	4	8	1	9
5	7	2	3	1	9	8	4	6	8	4	5	2	1	9	3	7	6
1	3	8	2	4	5	9	6	7	6	5	4	1	8	3	2	9	7
7	9	4	6	8	3	2	5	1	9	1	8	7	2	6	5	3	4
2	5	6	7	9	1	4	3	8	3	2	7	4	9	5	6	8	1
6	1	9	8	3	4	7	2	5	4	6	9	3	7	2	1	5	8
3	8	5	9	7	2	6	1	4	5	8	2	9	4	1	7	6	3
4	2	7	1	5	6	3	8	9	7	3	1	6	5	8	9	4	2

5	8	4	3	2	6	7	1	9	7	9	5	3	1	4	8	6	2
9	3	2	5	1	7	4	8	6	6	1	4	5	8	2	3	9	7
1	7	6	9	4	8	2	5	3	3	8	2	9	6	7	1	5	4
7	5	9	8	6	4	3	2	1	8	6	9	4	5	1	7	2	3
8	6	1	2	7	3	5	9	4	4	5	3	7	2	6	9	8	1
4	2	3	1	5	9	8	6	7	1	2	7	8	9	3	5	4	6
6	9	8	7	3	2	1	4	5	9	3	6	2	7	8	4	1	5
3	4	5	6	8	1	9	7	2	2	7	8	1	4	5	6	3	9
2	1	7	4	9	5	6	3	8	5	4	1	6	3	9	2	7	8

25　　　　　　　　　　**26**

27　　　　　　　　　　**28**

7	2	6	9	1	8	5	3	4	6	7	1	9	2	4	5	3	8
1	4	8	7	3	5	2	9	6	9	5	2	6	3	8	1	4	7
5	3	9	2	4	6	7	8	1	8	4	3	7	1	5	6	9	2
8	7	2	4	6	1	9	5	3	3	6	4	2	8	9	7	5	1
9	5	4	3	8	7	6	1	2	5	1	7	3	4	6	8	2	9
3	6	1	5	9	2	4	7	8	2	8	9	1	5	7	3	6	4
2	8	7	1	5	4	3	6	9	7	3	5	8	9	2	4	1	6
6	9	5	8	2	3	1	4	7	1	9	6	4	7	3	2	8	5
4	1	3	6	7	9	8	2	5	4	2	8	5	6	1	9	7	3

7	4	5	9	1	8	6	3	2	2	4	8	1	7	6	3	5	9
2	3	9	7	6	5	8	1	4	7	5	3	9	4	2	1	6	8
8	1	6	4	2	3	7	5	9	1	6	9	8	5	3	4	2	7
6	5	1	3	9	2	4	8	7	4	9	7	2	6	1	8	3	5
9	7	8	1	5	4	2	6	3	5	3	1	4	8	7	2	9	6
4	2	3	6	8	7	5	9	1	6	8	2	3	9	5	7	4	1
5	8	7	2	3	1	9	4	6	9	1	4	6	2	8	5	7	3
1	6	2	8	4	9	3	7	5	3	2	5	7	1	9	6	8	4
3	9	4	5	7	6	1	2	8	8	7	6	5	3	4	9	1	2

29 **30**

31 **32**

1	2	8	5	7	9	6	3	4	1	3	2	4	5	7	9	6	8
4	6	7	3	2	1	9	8	5	8	4	6	3	1	9	7	2	5
5	9	3	4	6	8	1	2	7	9	7	5	8	6	2	1	3	4
7	5	2	6	9	3	8	4	1	7	6	1	2	9	8	5	4	3
9	8	1	2	5	4	7	6	3	2	5	3	7	4	1	6	8	9
3	4	6	1	8	7	2	5	9	4	8	9	6	3	5	2	7	1
2	1	5	7	4	6	3	9	8	3	1	7	9	2	4	8	5	6
8	7	4	9	3	2	5	1	6	5	2	4	1	8	6	3	9	7
6	3	9	8	1	5	4	7	2	6	9	8	5	7	3	4	1	2

33

7	5	2	9	6	1	8	4	3
6	4	8	5	7	3	1	2	9
9	1	3	8	4	2	6	5	7
2	9	4	1	3	7	5	8	6
1	6	5	2	8	9	3	7	4
3	8	7	4	5	6	9	1	2
4	7	1	6	9	5	2	3	8
5	3	9	7	2	8	4	6	1
8	2	6	3	1	4	7	9	5

34

2	9	6	3	1	8	5	4	7
1	5	7	9	4	6	2	8	3
4	3	8	7	2	5	9	6	1
6	4	1	8	3	2	7	5	9
5	8	9	6	7	1	4	3	2
3	7	2	4	5	9	6	1	8
7	1	5	2	8	4	3	9	6
8	6	3	5	9	7	1	2	4
9	2	4	1	6	3	8	7	5

35

5	3	2	4	9	1	8	7	6
7	1	4	8	2	6	5	9	3
9	8	6	3	7	5	1	2	4
1	2	7	5	3	4	6	8	9
3	4	9	7	6	8	2	5	1
8	6	5	9	1	2	4	3	7
4	9	8	1	5	3	7	6	2
6	5	3	2	4	7	9	1	8
2	7	1	6	8	9	3	4	5

36

9	1	2	6	4	7	3	8	5
6	4	3	9	5	8	7	2	1
8	7	5	2	3	1	4	9	6
3	5	7	8	1	2	9	6	4
1	2	6	4	7	9	8	5	3
4	9	8	5	6	3	2	1	7
7	8	1	3	9	6	5	4	2
2	6	4	7	8	5	1	3	9
5	3	9	1	2	4	6	7	8

3	7	4	2	9	8	5	1	6
9	2	6	1	7	5	8	3	4
5	1	8	3	4	6	9	7	2
4	5	1	6	3	9	2	8	7
7	9	2	8	1	4	3	6	5
8	6	3	5	2	7	4	9	1
2	3	5	7	8	1	6	4	9
6	4	7	9	5	3	1	2	8
1	8	9	4	6	2	7	5	3

1	7	3	5	9	8	4	6	2
9	5	6	7	2	4	8	1	3
8	4	2	3	1	6	7	5	9
2	9	4	1	8	7	6	3	5
7	1	5	9	6	3	2	4	8
3	6	8	4	5	2	1	9	7
4	2	7	6	3	9	5	8	1
6	3	1	8	7	5	9	2	4
5	8	9	2	4	1	3	7	6

37　　　　**38**

39　　　　**40**

6	3	7	1	5	9	8	2	4
9	1	2	8	4	7	3	5	6
8	5	4	3	6	2	7	1	9
5	9	3	2	8	6	4	7	1
2	4	8	7	1	5	6	9	3
1	7	6	4	9	3	5	8	2
4	2	1	6	7	8	9	3	5
7	6	9	5	3	1	2	4	8
3	8	5	9	2	4	1	6	7

2	3	8	7	5	4	9	6	1
9	5	1	3	8	6	4	2	7
4	7	6	1	9	2	5	3	8
1	2	5	6	7	8	3	9	4
8	4	3	9	2	5	1	7	6
6	9	7	4	3	1	8	5	2
5	6	2	8	1	3	7	4	9
3	8	9	2	4	7	6	1	5
7	1	4	5	6	9	2	8	3

41

9	4	8	6	1	3	2	5	7
1	3	2	9	7	5	6	8	4
5	7	6	4	8	2	1	9	3
4	2	7	8	5	1	9	3	6
3	5	1	2	6	9	4	7	8
8	6	9	3	4	7	5	2	1
6	9	4	7	2	8	3	1	5
7	1	3	5	9	6	8	4	2
2	8	5	1	3	4	7	6	9

42

9	1	5	7	3	2	6	8	4
3	6	2	9	4	8	5	1	7
8	4	7	6	5	1	3	2	9
6	9	1	4	2	5	8	7	3
4	5	3	8	1	7	2	9	6
7	2	8	3	6	9	4	5	1
1	3	9	5	8	4	7	6	2
5	7	6	2	9	3	1	4	8
2	8	4	1	7	6	9	3	5

43

3	5	4	6	8	1	2	7	9
9	1	7	5	2	3	8	6	4
8	2	6	9	4	7	5	1	3
6	8	9	3	5	2	7	4	1
2	4	3	7	1	8	6	9	5
1	7	5	4	6	9	3	2	8
4	6	8	1	7	5	9	3	2
5	9	1	2	3	6	4	8	7
7	3	2	8	9	4	1	5	6

44

3	9	7	6	5	8	4	2	1
8	5	6	2	1	4	9	7	3
2	1	4	7	3	9	5	6	8
7	2	9	1	6	5	8	3	4
6	8	5	3	4	2	7	1	9
4	3	1	9	8	7	6	5	2
5	4	3	8	2	6	1	9	7
9	6	2	4	7	1	3	8	5
1	7	8	5	9	3	2	4	6

2	3	1	4	9	5	6	7	8	8	1	7	2	5	3	4	9	6
7	5	8	6	2	1	9	3	4	6	2	9	4	7	1	8	5	3
4	6	9	7	8	3	5	1	2	3	5	4	6	9	8	1	2	7
8	2	3	5	7	4	1	6	9	1	7	5	3	8	9	6	4	2
1	9	7	3	6	8	4	2	5	4	8	6	7	2	5	9	3	1
6	4	5	9	1	2	7	8	3	2	9	3	1	4	6	7	8	5
9	8	2	1	4	7	3	5	6	7	6	8	9	3	2	5	1	4
3	1	4	8	5	6	2	9	7	5	3	1	8	6	4	2	7	9
5	7	6	2	3	9	8	4	1	9	4	2	5	1	7	3	6	8

45 **46**
47 **48**

1	7	4	6	3	8	9	2	5	6	4	5	1	9	8	7	2	3
5	2	9	4	7	1	8	6	3	3	2	9	4	5	7	1	6	8
3	6	8	2	9	5	7	4	1	8	1	7	2	6	3	5	4	9
6	1	7	3	2	4	5	9	8	1	9	4	3	8	6	2	5	7
9	8	3	1	5	6	4	7	2	5	8	3	7	1	2	4	9	6
4	5	2	7	8	9	1	3	6	2	7	6	5	4	9	8	3	1
8	3	6	5	4	7	2	1	9	7	3	1	6	2	5	9	8	4
2	4	5	9	1	3	6	8	7	4	5	8	9	3	1	6	7	2
7	9	1	8	6	2	3	5	4	9	6	2	8	7	4	3	1	5

49

9	8	4	5	7	3	2	6	1
1	2	5	6	9	8	4	3	7
3	6	7	1	2	4	5	9	8
2	9	8	3	5	7	6	1	4
5	1	3	8	4	6	7	2	9
4	7	6	9	1	2	8	5	3
8	4	9	2	6	1	3	7	5
7	5	2	4	3	9	1	8	6
6	3	1	7	8	5	9	4	2

50

1	3	9	4	8	2	6	5	7
2	5	4	3	7	6	9	8	1
8	7	6	5	9	1	4	2	3
3	8	7	6	1	4	5	9	2
4	6	2	7	5	9	3	1	8
9	1	5	8	2	3	7	6	4
6	9	8	1	3	7	2	4	5
7	2	1	9	4	5	8	3	6
5	4	3	2	6	8	1	7	9

51

5	7	2	1	9	8	6	3	4
3	6	1	5	4	2	8	7	9
4	8	9	7	3	6	2	1	5
7	1	8	4	2	5	3	9	6
6	9	5	3	8	7	1	4	2
2	3	4	6	1	9	7	5	8
9	5	3	2	6	1	4	8	7
1	2	7	8	5	4	9	6	3
8	4	6	9	7	3	5	2	1

52

6	9	7	1	8	4	5	3	2
4	1	2	9	3	5	6	8	7
3	5	8	6	2	7	4	9	1
9	7	3	8	5	1	2	4	6
5	2	1	3	4	6	9	7	8
8	6	4	2	7	9	1	5	3
1	4	5	7	6	8	3	2	9
7	3	9	5	1	2	8	6	4
2	8	6	4	9	3	7	1	5

53

1	5	4	8	3	2	9	6	7
7	3	9	6	5	1	8	4	2
8	2	6	9	4	7	1	5	3
6	7	3	4	1	8	5	2	9
5	4	1	2	6	9	7	3	8
2	9	8	5	7	3	6	1	4
4	8	7	1	2	5	3	9	6
3	6	5	7	9	4	2	8	1
9	1	2	3	8	6	4	7	5

54

9	2	6	4	7	1	3	8	5
8	5	3	9	6	2	7	4	1
1	7	4	5	3	8	9	6	2
6	8	2	3	5	4	1	9	7
5	4	9	2	1	7	8	3	6
3	1	7	6	8	9	2	5	4
7	6	5	1	9	3	4	2	8
2	9	1	8	4	6	5	7	3
4	3	8	7	2	5	6	1	9

55

4	7	5	1	6	9	8	2	3
9	3	2	5	8	4	7	6	1
8	1	6	7	2	3	5	9	4
5	8	7	4	3	6	2	1	9
3	2	9	8	5	1	4	7	6
6	4	1	2	9	7	3	8	5
2	6	8	9	4	5	1	3	7
1	9	4	3	7	8	6	5	2
7	5	3	6	1	2	9	4	8

56

8	3	4	2	7	5	9	1	6
1	2	9	4	8	6	7	5	3
6	5	7	3	1	9	2	8	4
4	7	6	1	5	2	8	3	9
9	8	3	7	6	4	1	2	5
5	1	2	9	3	8	6	4	7
7	4	8	5	9	1	3	6	2
3	6	5	8	2	7	4	9	1
2	9	1	6	4	3	5	7	8

57

5	1	2	8	7	9	4	3	6
7	6	8	5	4	3	9	1	2
9	3	4	1	6	2	5	7	8
3	7	1	4	9	8	6	2	5
2	8	5	3	1	6	7	9	4
6	4	9	2	5	7	3	8	1
1	9	7	6	8	5	2	4	3
8	5	3	7	2	4	1	6	9
4	2	6	9	3	1	8	5	7

58

5	3	1	4	8	7	9	6	2
6	9	7	1	2	3	4	8	5
2	4	8	9	6	5	3	1	7
3	7	6	8	4	9	5	2	1
4	1	5	2	7	6	8	3	9
9	8	2	3	5	1	6	7	4
1	6	3	5	9	2	7	4	8
7	5	4	6	1	8	2	9	3
8	2	9	7	3	4	1	5	6

59

6	7	4	5	9	8	2	1	3
3	1	8	6	2	4	7	9	5
5	2	9	3	1	7	6	4	8
9	8	7	2	4	1	5	3	6
2	5	3	8	6	9	4	7	1
1	4	6	7	5	3	8	2	9
7	9	2	1	8	5	3	6	4
4	6	5	9	3	2	1	8	7
8	3	1	4	7	6	9	5	2

60

6	3	1	9	5	4	8	2	7
8	4	2	7	3	6	5	1	9
7	9	5	2	1	8	4	3	6
1	2	3	8	6	9	7	4	5
5	7	9	3	4	1	6	8	2
4	8	6	5	2	7	1	9	3
9	5	7	4	8	3	2	6	1
3	6	8	1	7	2	9	5	4
2	1	4	6	9	5	3	7	8

1	5	4	6	7	2	9	3	8
3	8	2	4	9	1	5	7	6
9	6	7	5	3	8	2	4	1
6	2	9	7	5	3	1	8	4
5	7	1	8	4	9	6	2	3
8	4	3	1	2	6	7	5	9
7	9	8	3	1	5	4	6	2
4	1	6	2	8	7	3	9	5
2	3	5	9	6	4	8	1	7

9	6	8	7	1	3	4	2	5
3	2	7	4	9	5	1	6	8
5	1	4	8	6	2	7	9	3
1	5	9	3	2	4	6	8	7
7	4	2	6	5	8	3	1	9
8	3	6	9	7	1	5	4	2
4	8	5	2	3	6	9	7	1
2	9	3	1	4	7	8	5	6
6	7	1	5	8	9	2	3	4

61 **62** **63** **64**

7	4	6	2	5	9	1	8	3
8	1	5	6	3	7	9	2	4
2	9	3	8	4	1	7	5	6
1	7	2	3	9	4	5	6	8
3	6	9	5	8	2	4	1	7
4	5	8	7	1	6	3	9	2
5	8	7	9	6	3	2	4	1
9	2	4	1	7	8	6	3	5
6	3	1	4	2	5	8	7	9

2	3	5	7	9	8	1	6	4
4	7	9	1	2	6	8	5	3
8	1	6	4	5	3	2	9	7
9	8	7	6	1	5	3	4	2
6	4	1	3	8	2	9	7	5
5	2	3	9	7	4	6	1	8
1	5	2	8	4	9	7	3	6
7	6	8	5	3	1	4	2	9
3	9	4	2	6	7	5	8	1

9	6	2	7	5	4	1	8	3
4	8	5	1	6	3	7	2	9
1	7	3	8	9	2	4	6	5
2	1	7	5	3	8	9	4	6
5	4	8	9	2	6	3	7	1
3	9	6	4	7	1	8	5	2
6	5	1	3	8	7	2	9	4
8	3	9	2	4	5	6	1	7
7	2	4	6	1	9	5	3	8

5	3	1	9	7	6	8	2	4
2	4	8	3	1	5	9	6	7
7	9	6	4	8	2	1	5	3
4	2	3	7	9	1	6	8	5
1	8	9	5	6	3	4	7	2
6	5	7	2	4	8	3	1	9
3	6	5	8	2	4	7	9	1
9	1	2	6	3	7	5	4	8
8	7	4	1	5	9	2	3	6

65

66

67

68

8	3	7	2	1	9	6	5	4
9	6	4	7	5	8	3	2	1
1	2	5	6	4	3	8	7	9
4	1	3	5	8	2	9	6	7
2	5	8	9	7	6	4	1	3
7	9	6	4	3	1	5	8	2
5	7	9	1	6	4	2	3	8
6	8	2	3	9	7	1	4	5
3	4	1	8	2	5	7	9	6

9	6	4	3	8	7	1	5	2
8	5	3	9	1	2	6	7	4
1	7	2	4	5	6	3	8	9
2	9	1	6	7	5	8	4	3
6	8	5	2	3	4	9	1	7
3	4	7	1	9	8	5	2	6
7	3	8	5	4	9	2	6	1
4	2	9	8	6	1	7	3	5
5	1	6	7	2	3	4	9	8

9	5	3	6	4	7	2	8	1	8	1	2	6	3	9	7	5	4
1	6	2	8	3	9	7	4	5	4	5	7	1	8	2	3	6	9
7	8	4	5	1	2	3	6	9	6	9	3	7	4	5	1	8	2
3	1	8	2	7	6	9	5	4	7	3	6	5	2	8	4	9	1
4	9	5	1	8	3	6	2	7	5	2	4	9	7	1	6	3	8
6	2	7	9	5	4	1	3	8	1	8	9	4	6	3	5	2	7
5	3	9	4	2	1	8	7	6	9	7	5	8	1	6	2	4	3
8	7	1	3	6	5	4	9	2	3	4	8	2	5	7	9	1	6
2	4	6	7	9	8	5	1	3	2	6	1	3	9	4	8	7	5

69　　　　　　　**70**

71　　　　　　　**72**

2	7	4	5	6	1	8	3	9	8	5	7	1	3	4	9	6	2
5	8	3	2	9	7	1	6	4	4	1	2	5	6	9	7	3	8
9	6	1	3	8	4	5	2	7	6	3	9	7	2	8	5	1	4
4	3	8	7	1	2	9	5	6	2	7	3	9	5	1	8	4	6
6	1	9	8	4	5	2	7	3	1	8	4	3	7	6	2	5	9
7	2	5	9	3	6	4	8	1	9	6	5	4	8	2	3	7	1
3	5	2	1	7	9	6	4	8	5	4	1	2	9	3	6	8	7
8	9	6	4	2	3	7	1	5	3	9	6	8	4	7	1	2	5
1	4	7	6	5	8	3	9	2	7	2	8	6	1	5	4	9	3

73

5	8	7	4	2	9	6	1	3
4	6	1	3	7	8	2	5	9
9	3	2	6	1	5	4	8	7
1	4	3	7	9	6	8	2	5
6	2	5	1	8	3	7	9	4
8	7	9	2	5	4	3	6	1
2	9	4	8	3	1	5	7	6
3	1	8	5	6	7	9	4	2
7	5	6	9	4	2	1	3	8

74

2	5	8	7	6	3	9	4	1
6	4	9	1	8	2	3	7	5
1	3	7	5	4	9	8	2	6
3	7	6	2	1	4	5	9	8
9	8	4	6	5	7	2	1	3
5	2	1	9	3	8	7	6	4
7	6	3	8	2	1	4	5	9
8	9	5	4	7	6	1	3	2
4	1	2	3	9	5	6	8	7

75

7	2	8	5	1	6	4	9	3
1	6	9	3	2	4	8	5	7
5	3	4	7	9	8	6	1	2
4	1	3	2	7	5	9	8	6
2	5	6	4	8	9	3	7	1
9	8	7	6	3	1	2	4	5
6	7	5	8	4	3	1	2	9
8	9	2	1	6	7	5	3	4
3	4	1	9	5	2	7	6	8

76

7	4	8	2	6	9	1	5	3
1	5	9	3	8	4	2	7	6
2	6	3	7	1	5	9	8	4
3	9	1	4	7	8	5	6	2
4	8	6	5	2	1	7	3	9
5	2	7	9	3	6	8	4	1
9	3	5	1	4	7	6	2	8
8	1	4	6	5	2	3	9	7
6	7	2	8	9	3	4	1	5

77

9	4	6	8	1	3	2	7	5
3	5	2	6	7	9	4	1	8
1	7	8	5	2	4	9	3	6
2	8	3	7	4	1	5	6	9
7	1	9	2	6	5	3	8	4
5	6	4	9	3	8	7	2	1
8	9	7	1	5	2	6	4	3
4	2	5	3	8	6	1	9	7
6	3	1	4	9	7	8	5	2

78

6	5	9	8	7	4	3	2	1
8	7	4	3	1	2	6	5	9
2	1	3	5	6	9	7	4	8
3	9	8	4	5	6	1	7	2
7	6	5	2	8	1	9	3	4
4	2	1	9	3	7	5	8	6
5	8	2	6	9	3	4	1	7
9	3	7	1	4	8	2	6	5
1	4	6	7	2	5	8	9	3

79

4	8	7	1	3	6	9	2	5
3	1	6	9	5	2	8	7	4
5	2	9	7	8	4	6	3	1
6	4	1	5	7	3	2	9	8
7	3	8	2	4	9	5	1	6
9	5	2	6	1	8	7	4	3
8	9	4	3	2	5	1	6	7
1	6	5	4	9	7	3	8	2
2	7	3	8	6	1	4	5	9

80

1	3	6	8	2	7	9	5	4
9	2	5	3	4	6	7	8	1
8	7	4	5	1	9	3	6	2
2	6	7	4	5	8	1	3	9
3	1	8	6	9	2	5	4	7
4	5	9	7	3	1	8	2	6
6	8	2	1	7	5	4	9	3
5	4	1	9	6	3	2	7	8
7	9	3	2	8	4	6	1	5

81

2	5	8	6	3	7	4	1	9
4	3	6	5	1	9	7	2	8
7	9	1	4	8	2	3	5	6
6	8	2	1	7	5	9	4	3
1	7	9	2	4	3	8	6	5
5	4	3	8	9	6	2	7	1
9	6	4	3	2	1	5	8	7
3	2	5	7	6	8	1	9	4
8	1	7	9	5	4	6	3	2

82

8	1	6	9	3	4	5	7	2
7	3	4	2	5	8	9	6	1
5	9	2	1	6	7	4	8	3
4	5	8	3	2	9	7	1	6
1	2	7	4	8	6	3	9	5
9	6	3	5	7	1	2	4	8
3	7	1	8	4	5	6	2	9
2	4	9	6	1	3	8	5	7
6	8	5	7	9	2	1	3	4

83

9	4	5	2	6	3	1	8	7
1	8	6	9	5	7	2	3	4
3	7	2	4	1	8	9	5	6
5	1	8	7	3	6	4	9	2
4	9	3	5	2	1	6	7	8
2	6	7	8	9	4	5	1	3
7	3	1	6	4	9	8	2	5
6	5	9	3	8	2	7	4	1
8	2	4	1	7	5	3	6	9

84

6	9	8	7	4	2	1	5	3
7	1	2	9	5	3	8	6	4
5	3	4	8	6	1	9	7	2
8	5	1	3	2	7	4	9	6
9	4	7	5	8	6	3	2	1
3	2	6	1	9	4	7	8	5
4	8	9	6	1	5	2	3	7
1	7	5	2	3	8	6	4	9
2	6	3	4	7	9	5	1	8

4	3	8	6	1	2	5	9	7
2	7	1	9	4	5	3	6	8
9	6	5	7	3	8	2	1	4
8	9	4	2	7	6	1	5	3
5	1	3	8	9	4	7	2	6
6	2	7	3	5	1	4	8	9
7	4	2	5	6	9	8	3	1
3	5	6	1	8	7	9	4	2
1	8	9	4	2	3	6	7	5

4	9	5	6	1	7	3	8	2
8	6	3	5	9	2	1	4	7
1	2	7	8	4	3	6	5	9
7	5	8	1	2	4	9	6	3
9	3	1	7	8	6	4	2	5
6	4	2	3	5	9	7	1	8
3	1	9	2	6	5	8	7	4
5	7	6	4	3	8	2	9	1
2	8	4	9	7	1	5	3	6

85　　　　　　　86

87　　　　　　　88

8	3	5	7	2	1	6	9	4
6	2	9	8	4	3	1	7	5
7	4	1	9	6	5	8	3	2
4	9	3	2	5	8	7	6	1
5	7	8	4	1	6	3	2	9
2	1	6	3	9	7	4	5	8
9	8	4	6	7	2	5	1	3
1	6	2	5	3	4	9	8	7
3	5	7	1	8	9	2	4	6

4	3	9	8	5	6	1	7	2
5	2	6	3	1	7	9	8	4
1	8	7	9	4	2	3	5	6
3	5	4	6	8	1	2	9	7
8	9	2	7	3	4	6	1	5
6	7	1	2	9	5	4	3	8
9	4	5	1	6	8	7	2	3
7	6	3	5	2	9	8	4	1
2	1	8	4	7	3	5	6	9

2	1	3	5	8	4	9	7	6	1	8	7	3	9	2	6	5	4
9	8	7	1	3	6	4	5	2	3	4	5	8	7	6	9	2	1
5	6	4	2	9	7	8	3	1	2	9	6	4	1	5	3	8	7
6	7	2	4	1	3	5	8	9	4	3	8	1	5	9	7	6	2
4	9	1	8	6	5	3	2	7	5	6	1	7	2	8	4	3	9
3	5	8	9	7	2	1	6	4	9	7	2	6	4	3	8	1	5
8	2	5	6	4	9	7	1	3	7	5	3	2	6	4	1	9	8
1	3	9	7	2	8	6	4	5	8	1	9	5	3	7	2	4	6
7	4	6	3	5	1	2	9	8	6	2	4	9	8	1	5	7	3

89 **90**

91 **92**

6	5	7	9	8	1	3	2	4	4	8	1	9	5	3	6	7	2
9	1	4	2	3	5	6	8	7	3	2	7	8	1	6	4	9	5
3	8	2	6	7	4	1	9	5	5	9	6	2	7	4	1	8	3
8	9	3	1	4	6	5	7	2	2	6	8	7	4	1	3	5	9
7	4	1	8	5	2	9	6	3	7	4	3	5	9	2	8	1	6
2	6	5	3	9	7	8	4	1	9	1	5	6	3	8	2	4	7
4	3	9	7	1	8	2	5	6	8	5	4	3	6	9	7	2	1
1	7	6	5	2	9	4	3	8	6	7	2	1	8	5	9	3	4
5	2	8	4	6	3	7	1	9	1	3	9	4	2	7	5	6	8

4	3	1	8	9	7	6	5	2	3	9	1	7	4	2	5	6	8
9	8	6	4	2	5	7	3	1	4	6	5	9	1	8	7	2	3
5	2	7	1	3	6	9	4	8	7	2	8	3	6	5	9	1	4
3	7	4	5	6	2	8	1	9	6	3	2	1	5	9	4	8	7
1	9	2	3	8	4	5	6	7	1	5	4	8	2	7	3	9	6
6	5	8	9	7	1	4	2	3	8	7	9	4	3	6	2	5	1
7	6	3	2	5	8	1	9	4	2	4	3	6	9	1	8	7	5
8	1	9	6	4	3	2	7	5	9	8	6	5	7	3	1	4	2
2	4	5	7	1	9	3	8	6	5	1	7	2	8	4	6	3	9

93　　　　　　　　　　　　　**94**

95　　　　　　　　　　　　　**96**

5	3	4	7	9	8	6	2	1	6	8	4	7	9	1	3	5	2
7	8	6	2	1	5	9	3	4	3	9	5	4	2	8	1	7	6
2	1	9	4	3	6	7	5	8	7	1	2	5	3	6	9	4	8
4	7	3	9	6	2	1	8	5	5	2	7	6	8	9	4	3	1
9	5	1	3	8	4	2	7	6	8	3	9	1	7	4	2	6	5
6	2	8	1	5	7	4	9	3	4	6	1	3	5	2	8	9	7
3	9	5	6	7	1	8	4	2	1	4	8	9	6	7	5	2	3
8	6	2	5	4	9	3	1	7	9	5	6	2	1	3	7	8	4
1	4	7	8	2	3	5	6	9	2	7	3	8	4	5	6	1	9

6	5	4	9	8	7	3	1	2	5	7	9	6	4	1	3	2	8
9	7	3	1	4	2	6	8	5	4	6	8	2	3	9	5	7	1
1	2	8	5	3	6	9	7	4	2	3	1	5	7	8	6	9	4
2	1	5	3	9	4	8	6	7	8	5	6	1	2	7	9	4	3
7	4	6	8	2	1	5	3	9	7	1	3	9	5	4	8	6	2
8	3	9	6	7	5	4	2	1	9	2	4	3	8	6	7	1	5
5	8	7	4	1	3	2	9	6	1	9	5	8	6	2	4	3	7
4	9	1	2	6	8	7	5	3	6	8	7	4	1	3	2	5	9
3	6	2	7	5	9	1	4	8	3	4	2	7	9	5	1	8	6

97　　　　　　　　**98**

99　　　　　　　　**100**

8	9	2	3	1	5	4	6	7	3	6	5	2	4	1	7	9	8
4	5	7	6	8	2	3	9	1	7	8	1	6	9	5	2	4	3
1	3	6	4	9	7	2	8	5	2	9	4	8	3	7	1	6	5
2	6	3	5	7	1	8	4	9	4	7	6	3	8	2	5	1	9
9	4	5	2	6	8	1	7	3	8	2	9	1	5	6	4	3	7
7	1	8	9	3	4	6	5	2	5	1	3	9	7	4	8	2	6
6	2	4	7	5	3	9	1	8	1	3	2	5	6	8	9	7	4
3	7	1	8	4	9	5	2	6	9	4	8	7	2	3	6	5	1
5	8	9	1	2	6	7	3	4	6	5	7	4	1	9	3	8	2

101

4	1	3	9	5	7	8	6	2
5	7	2	8	3	6	4	1	9
6	9	8	1	4	2	5	7	3
3	5	1	7	6	8	2	9	4
7	2	4	3	1	9	6	5	8
9	8	6	5	2	4	7	3	1
1	4	5	6	8	3	9	2	7
2	3	9	4	7	5	1	8	6
8	6	7	2	9	1	3	4	5

102

1	4	3	2	9	8	7	6	5
7	9	6	5	1	3	4	8	2
8	2	5	4	6	7	1	3	9
2	1	9	8	4	5	6	7	3
5	3	7	6	2	1	8	9	4
4	6	8	7	3	9	2	5	1
6	5	1	9	8	2	3	4	7
9	8	2	3	7	4	5	1	6
3	7	4	1	5	6	9	2	8

103

9	5	8	6	2	7	4	3	1
2	4	7	8	1	3	6	5	9
6	3	1	4	5	9	8	7	2
4	1	5	3	8	6	2	9	7
3	2	9	5	7	4	1	8	6
7	8	6	1	9	2	5	4	3
5	6	2	9	3	8	7	1	4
8	9	4	7	6	1	3	2	5
1	7	3	2	4	5	9	6	8

104

4	3	1	7	6	5	2	9	8
9	2	8	3	1	4	6	7	5
7	6	5	8	2	9	3	4	1
5	9	3	6	4	1	7	8	2
2	7	6	9	3	8	1	5	4
8	1	4	2	5	7	9	3	6
6	8	2	5	7	3	4	1	9
3	4	9	1	8	6	5	2	7
1	5	7	4	9	2	8	6	3

5	4	3	2	6	1	8	7	9
9	8	1	4	7	3	6	2	5
7	6	2	8	9	5	1	4	3
8	7	9	6	3	4	5	1	2
3	1	6	5	2	9	4	8	7
4	2	5	1	8	7	9	3	6
2	5	7	9	4	8	3	6	1
1	3	4	7	5	6	2	9	8
6	9	8	3	1	2	7	5	4

5	2	9	4	3	7	1	6	8
8	1	4	6	5	9	3	7	2
3	6	7	2	8	1	9	5	4
1	4	5	9	6	3	2	8	7
2	8	6	7	1	5	4	3	9
9	7	3	8	2	4	5	1	6
6	5	2	1	9	8	7	4	3
7	3	8	5	4	2	6	9	1
4	9	1	3	7	6	8	2	5

105 106

107 108

3	4	5	1	8	7	6	9	2
8	7	6	9	2	5	3	4	1
1	9	2	6	4	3	8	7	5
6	1	7	3	5	8	9	2	4
5	8	4	2	7	9	1	6	3
2	3	9	4	1	6	5	8	7
4	5	1	8	6	2	7	3	9
7	6	3	5	9	4	2	1	8
9	2	8	7	3	1	4	5	6

6	8	5	9	3	4	7	2	1
2	1	4	6	7	8	9	3	5
7	9	3	5	2	1	6	8	4
1	2	7	8	5	6	3	4	9
8	5	9	7	4	3	1	6	2
4	3	6	1	9	2	8	5	7
9	4	2	3	8	7	5	1	6
5	6	8	4	1	9	2	7	3
3	7	1	2	6	5	4	9	8

109

1	9	7	4	3	6	8	2	5
6	5	3	8	2	9	4	7	1
4	8	2	7	1	5	6	3	9
5	7	4	3	6	8	9	1	2
2	1	8	5	9	4	7	6	3
9	3	6	2	7	1	5	8	4
7	2	5	9	8	3	1	4	6
8	4	1	6	5	2	3	9	7
3	6	9	1	4	7	2	5	8

110

7	3	8	2	1	4	5	6	9
4	9	1	6	8	5	7	3	2
5	6	2	7	3	9	1	8	4
1	2	9	8	5	6	3	4	7
8	5	7	4	9	3	2	1	6
6	4	3	1	7	2	9	5	8
2	8	5	3	4	7	6	9	1
9	7	4	5	6	1	8	2	3
3	1	6	9	2	8	4	7	5

111

4	5	9	3	8	7	2	1	6
7	6	3	1	2	4	9	5	8
2	8	1	9	6	5	4	3	7
3	1	5	8	7	2	6	4	9
8	4	6	5	1	9	3	7	2
9	2	7	6	4	3	5	8	1
6	3	4	7	9	1	8	2	5
1	9	2	4	5	8	7	6	3
5	7	8	2	3	6	1	9	4

112

1	8	5	3	4	2	9	7	6
9	7	2	8	6	5	3	4	1
4	3	6	9	7	1	2	8	5
3	6	4	5	2	9	8	1	7
8	9	7	6	1	3	5	2	4
2	5	1	4	8	7	6	9	3
7	1	9	2	5	6	4	3	8
5	2	8	7	3	4	1	6	9
6	4	3	1	9	8	7	5	2

9	6	8	4	2	1	7	3	5	2	6	7	1	8	4	9	5	3
4	2	5	7	6	3	8	9	1	8	4	9	5	7	3	6	2	1
7	1	3	8	9	5	2	4	6	3	5	1	2	6	9	8	7	4
5	3	4	1	7	2	6	8	9	6	7	8	3	9	5	1	4	2
1	9	2	5	8	6	3	7	4	5	2	3	4	1	6	7	9	8
6	8	7	9	3	4	1	5	2	1	9	4	7	2	8	3	6	5
3	4	6	2	5	8	9	1	7	4	1	5	9	3	7	2	8	6
2	5	9	3	1	7	4	6	8	9	3	6	8	4	2	5	1	7
8	7	1	6	4	9	5	2	3	7	8	2	6	5	1	4	3	9

113 114

115 116

2	6	7	9	1	3	8	5	4	6	4	2	7	1	3	8	5	9
8	3	4	7	5	6	2	1	9	5	8	7	4	2	9	6	1	3
1	5	9	8	2	4	7	6	3	3	9	1	6	5	8	4	2	7
9	4	2	3	8	5	1	7	6	4	1	3	9	6	2	7	8	5
6	8	5	1	4	7	3	9	2	7	2	5	8	3	4	9	6	1
7	1	3	6	9	2	5	4	8	9	6	8	1	7	5	3	4	2
4	9	1	5	3	8	6	2	7	8	7	9	2	4	1	5	3	6
3	2	6	4	7	1	9	8	5	2	5	4	3	9	6	1	7	8
5	7	8	2	6	9	4	3	1	1	3	6	5	8	7	2	9	4

6	7	1	5	3	8	2	9	4	5	7	1	9	8	6	2	3	4
5	2	3	9	4	6	7	1	8	9	2	6	3	5	4	8	7	1
9	8	4	7	2	1	6	3	5	4	3	8	2	1	7	6	5	9
4	9	5	1	7	3	8	2	6	2	1	5	7	6	8	4	9	3
3	6	7	2	8	4	1	5	9	7	6	9	4	2	3	1	8	5
8	1	2	6	9	5	4	7	3	3	8	4	1	9	5	7	6	2
2	3	6	4	1	9	5	8	7	8	9	2	5	7	1	3	4	6
1	4	9	8	5	7	3	6	2	6	5	3	8	4	2	9	1	7
7	5	8	3	6	2	9	4	1	1	4	7	6	3	9	5	2	8

117   **118**

119   **120**

1	3	2	8	6	7	4	9	5	5	9	3	1	4	8	2	6	7
7	5	4	9	1	3	2	8	6	7	8	2	5	9	6	4	3	1
8	6	9	2	5	4	3	7	1	6	4	1	7	2	3	5	9	8
2	9	6	3	8	1	5	4	7	8	3	6	4	5	1	9	7	2
3	8	5	4	7	2	6	1	9	2	5	7	3	6	9	1	8	4
4	7	1	5	9	6	8	3	2	4	1	9	8	7	2	3	5	6
5	4	7	6	3	9	1	2	8	3	6	5	2	1	7	8	4	9
9	2	8	1	4	5	7	6	3	9	2	8	6	3	4	7	1	5
6	1	3	7	2	8	9	5	4	1	7	4	9	8	5	6	2	3

7	3	5	6	2	1	9	4	8
1	9	2	4	3	8	6	5	7
8	4	6	9	7	5	1	3	2
9	7	8	3	6	4	2	1	5
2	1	4	8	5	9	3	7	6
6	5	3	7	1	2	4	8	9
3	6	9	5	4	7	8	2	1
5	8	1	2	9	3	7	6	4
4	2	7	1	8	6	5	9	3

1	7	5	8	4	9	3	6	2
2	4	3	6	5	7	1	8	9
6	9	8	2	1	3	5	7	4
4	1	6	3	8	5	2	9	7
3	2	9	4	7	6	8	5	1
8	5	7	9	2	1	4	3	6
9	3	1	5	6	2	7	4	8
7	6	4	1	3	8	9	2	5
5	8	2	7	9	4	6	1	3

121 **122**

123 **124**

7	5	3	2	9	4	1	8	6
8	4	2	3	6	1	7	9	5
6	1	9	8	7	5	3	4	2
5	9	8	7	3	2	6	1	4
2	6	1	5	4	8	9	3	7
3	7	4	9	1	6	2	5	8
4	2	7	1	5	9	8	6	3
1	3	5	6	8	7	4	2	9
9	8	6	4	2	3	5	7	1

1	7	2	4	6	8	5	3	9
8	6	9	3	1	5	2	4	7
3	5	4	9	2	7	8	6	1
4	9	8	2	5	3	7	1	6
2	1	5	7	9	6	4	8	3
7	3	6	1	8	4	9	5	2
6	8	7	5	3	2	1	9	4
5	2	1	6	4	9	3	7	8
9	4	3	8	7	1	6	2	5

8	7	2	6	3	5	9	1	4	3	2	6	7	1	4	8	5	9
5	6	1	4	9	8	2	7	3	5	1	8	3	2	9	6	4	7
4	3	9	1	7	2	5	6	8	7	9	4	8	6	5	2	3	1
3	1	5	9	6	7	8	4	2	1	6	9	2	3	8	4	7	5
7	9	6	8	2	4	3	5	1	2	5	3	4	7	1	9	8	6
2	4	8	5	1	3	6	9	7	8	4	7	5	9	6	1	2	3
1	5	7	3	8	9	4	2	6	6	7	2	1	4	3	5	9	8
9	2	3	7	4	6	1	8	5	9	3	5	6	8	2	7	1	4
6	8	4	2	5	1	7	3	9	4	8	1	9	5	7	3	6	2

125 **126**

127 **128**

2	7	8	6	4	9	1	3	5	6	1	8	7	9	2	3	5	4
5	9	3	1	8	7	2	4	6	9	5	7	4	3	6	1	2	8
4	1	6	2	5	3	8	9	7	2	3	4	8	1	5	9	6	7
1	4	2	7	9	5	6	8	3	3	8	9	1	5	4	2	7	6
3	8	9	4	6	1	5	7	2	7	6	2	9	8	3	5	4	1
7	6	5	3	2	8	4	1	9	1	4	5	6	2	7	8	9	3
6	2	7	9	1	4	3	5	8	8	9	6	2	4	1	7	3	5
8	3	4	5	7	2	9	6	1	4	2	3	5	7	8	6	1	9
9	5	1	8	3	6	7	2	4	5	7	1	3	6	9	4	8	2

129

6	4	7	9	1	5	3	2	8
3	9	1	6	2	8	4	5	7
8	5	2	7	3	4	9	6	1
1	3	5	8	9	2	7	4	6
2	8	6	4	7	1	5	9	3
9	7	4	5	6	3	8	1	2
5	2	9	3	8	6	1	7	4
4	6	3	1	5	7	2	8	9
7	1	8	2	4	9	6	3	5

130

6	5	9	4	7	2	1	3	8
1	4	3	5	8	9	6	2	7
2	8	7	3	6	1	5	4	9
9	7	1	6	2	3	4	8	5
5	3	6	8	9	4	7	1	2
8	2	4	1	5	7	3	9	6
7	1	8	9	4	5	2	6	3
4	9	2	7	3	6	8	5	1
3	6	5	2	1	8	9	7	4

131

1	8	3	2	6	5	7	4	9
5	2	4	8	7	9	3	1	6
7	9	6	3	4	1	8	5	2
8	6	1	5	2	7	9	3	4
3	5	9	6	1	4	2	7	8
4	7	2	9	3	8	5	6	1
6	3	5	1	9	2	4	8	7
2	4	8	7	5	6	1	9	3
9	1	7	4	8	3	6	2	5

132

5	7	4	9	1	2	6	3	8
3	1	6	7	4	8	9	2	5
8	9	2	3	6	5	4	1	7
2	3	1	6	9	7	5	8	4
6	5	7	4	8	3	1	9	2
4	8	9	2	5	1	7	6	3
1	4	3	8	7	6	2	5	9
9	2	5	1	3	4	8	7	6
7	6	8	5	2	9	3	4	1

9	5	4	2	6	8	1	7	3
1	3	6	4	5	7	2	9	8
2	7	8	9	3	1	5	6	4
7	4	2	3	8	9	6	1	5
5	6	9	1	7	4	8	3	2
8	1	3	6	2	5	9	4	7
3	2	7	5	9	6	4	8	1
4	9	5	8	1	3	7	2	6
6	8	1	7	4	2	3	5	9

6	8	1	9	7	2	4	3	5
7	4	3	5	6	8	9	1	2
2	5	9	3	1	4	8	7	6
3	9	4	7	8	6	2	5	1
8	1	6	2	5	9	3	4	7
5	2	7	1	4	3	6	9	8
1	3	2	8	9	5	7	6	4
9	6	5	4	2	7	1	8	3
4	7	8	6	3	1	5	2	9

133 **134**
135 **136**

1	5	8	9	2	4	7	3	6
3	4	2	6	7	1	5	9	8
6	7	9	3	8	5	1	4	2
9	1	4	5	3	6	8	2	7
7	2	3	8	1	9	6	5	4
8	6	5	7	4	2	3	1	9
2	9	7	1	6	3	4	8	5
5	3	6	4	9	8	2	7	1
4	8	1	2	5	7	9	6	3

5	3	7	2	6	4	8	1	9
8	2	9	5	7	1	3	4	6
6	4	1	8	9	3	7	5	2
7	6	8	3	5	2	1	9	4
1	9	2	7	4	6	5	3	8
3	5	4	9	1	8	6	2	7
4	7	5	6	3	9	2	8	1
2	1	6	4	8	5	9	7	3
9	8	3	1	2	7	4	6	5

137

9	5	1	4	3	6	7	8	2
4	8	2	7	1	9	5	6	3
3	6	7	2	8	5	4	9	1
8	9	5	3	7	1	6	2	4
7	3	4	6	9	2	8	1	5
1	2	6	5	4	8	3	7	9
6	4	3	1	2	7	9	5	8
2	7	9	8	5	3	1	4	6
5	1	8	9	6	4	2	3	7

138

7	2	4	5	3	6	1	8	9
9	6	1	4	7	8	2	5	3
8	5	3	9	1	2	4	6	7
5	7	8	1	6	3	9	4	2
4	1	2	8	9	7	6	3	5
3	9	6	2	5	4	8	7	1
6	8	5	7	2	1	3	9	4
1	3	7	6	4	9	5	2	8
2	4	9	3	8	5	7	1	6

139

7	3	5	1	6	4	2	8	9
9	8	4	2	7	5	3	6	1
2	6	1	3	9	8	7	4	5
8	7	9	6	4	2	5	1	3
1	4	2	5	3	9	8	7	6
3	5	6	7	8	1	4	9	2
4	2	8	9	1	3	6	5	7
6	9	3	8	5	7	1	2	4
5	1	7	4	2	6	9	3	8

140

6	9	1	8	4	5	7	2	3
7	8	4	6	2	3	1	9	5
2	3	5	7	1	9	8	6	4
9	4	7	3	6	2	5	8	1
3	5	2	4	8	1	6	7	9
1	6	8	5	9	7	3	4	2
8	2	9	1	3	6	4	5	7
4	7	3	9	5	8	2	1	6
5	1	6	2	7	4	9	3	8

141

9	3	5	1	8	7	2	6	4
2	7	1	4	9	6	3	5	8
4	6	8	5	3	2	7	1	9
7	4	9	2	5	3	1	8	6
6	5	2	8	1	9	4	3	7
8	1	3	7	6	4	5	9	2
5	8	7	6	2	1	9	4	3
3	2	6	9	4	5	8	7	1
1	9	4	3	7	8	6	2	5

142

6	7	1	5	3	8	4	9	2
5	9	8	1	2	4	7	3	6
4	3	2	9	6	7	8	1	5
1	6	7	3	8	9	2	5	4
3	4	5	6	1	2	9	8	7
2	8	9	4	7	5	1	6	3
9	1	3	2	4	6	5	7	8
8	5	4	7	9	3	6	2	1
7	2	6	8	5	1	3	4	9

143

5	1	2	7	8	3	9	6	4
6	3	7	9	4	2	8	1	5
4	9	8	1	6	5	2	7	3
1	5	9	8	7	4	6	3	2
2	7	6	5	3	1	4	9	8
3	8	4	2	9	6	7	5	1
8	2	5	6	1	9	3	4	7
9	4	1	3	2	7	5	8	6
7	6	3	4	5	8	1	2	9

144

2	6	9	7	4	5	3	1	8
7	5	1	9	3	8	2	4	6
8	4	3	6	1	2	5	9	7
1	9	2	3	8	4	6	7	5
5	7	6	2	9	1	4	8	3
4	3	8	5	6	7	1	2	9
9	8	4	1	5	3	7	6	2
6	2	5	4	7	9	8	3	1
3	1	7	8	2	6	9	5	4

3	4	7	5	1	2	9	6	8
6	1	5	3	9	8	2	7	4
2	8	9	6	7	4	1	5	3
7	9	3	2	4	5	8	1	6
4	5	6	8	3	1	7	9	2
1	2	8	7	6	9	4	3	5
9	6	2	1	8	3	5	4	7
5	3	4	9	2	7	6	8	1
8	7	1	4	5	6	3	2	9

7	5	3	1	9	6	8	4	2
6	8	9	2	3	4	5	1	7
2	4	1	5	7	8	3	6	9
8	7	5	9	4	1	2	3	6
1	2	4	3	6	7	9	5	8
3	9	6	8	5	2	4	7	1
5	3	8	6	1	9	7	2	4
9	1	7	4	2	3	6	8	5
4	6	2	7	8	5	1	9	3

145　　　　　　　　**146**

147　　　　　　　　**148**

8	1	4	6	9	5	2	7	3
3	9	6	4	2	7	1	5	8
7	2	5	3	8	1	4	6	9
9	3	2	7	5	4	6	8	1
4	8	1	9	6	3	5	2	7
6	5	7	8	1	2	9	3	4
5	7	9	2	4	8	3	1	6
1	4	8	5	3	6	7	9	2
2	6	3	1	7	9	8	4	5

7	8	2	9	6	5	1	4	3
6	9	3	1	4	7	2	5	8
5	1	4	8	2	3	9	7	6
2	3	7	4	5	1	6	8	9
1	6	8	2	7	9	4	3	5
4	5	9	6	3	8	7	1	2
9	4	5	3	1	2	8	6	7
3	2	6	7	8	4	5	9	1
8	7	1	5	9	6	3	2	4

1	2	4	8	9	3	6	5	7	5	7	1	2	3	4	9	6	8
5	3	6	2	4	7	9	8	1	2	8	6	1	9	5	4	3	7
8	9	7	1	6	5	3	2	4	3	9	4	8	7	6	5	2	1
3	6	1	5	7	9	8	4	2	1	3	9	4	5	8	2	7	6
2	5	8	4	1	6	7	3	9	7	2	5	9	6	3	1	8	4
4	7	9	3	8	2	5	1	6	4	6	8	7	2	1	3	9	5
9	1	2	7	3	8	4	6	5	9	4	2	6	1	7	8	5	3
6	4	3	9	5	1	2	7	8	8	5	7	3	4	2	6	1	9
7	8	5	6	2	4	1	9	3	6	1	3	5	8	9	7	4	2

149 **150**

151 **152**

3	5	9	1	2	8	4	7	6	9	5	7	2	3	4	1	8	6
1	4	2	7	9	6	8	3	5	8	2	1	9	6	7	5	4	3
6	8	7	3	5	4	1	9	2	6	4	3	1	5	8	9	7	2
2	3	1	6	7	5	9	8	4	1	9	5	8	4	6	2	3	7
4	9	5	2	8	3	6	1	7	3	6	8	7	2	5	4	9	1
8	7	6	4	1	9	5	2	3	4	7	2	3	9	1	6	5	8
9	1	3	5	6	2	7	4	8	2	1	4	5	8	3	7	6	9
5	2	8	9	4	7	3	6	1	5	3	9	6	7	2	8	1	4
7	6	4	8	3	1	2	5	9	7	8	6	4	1	9	3	2	5

153

9	1	3	6	2	8	4	5	7
5	2	7	4	3	1	6	8	9
4	6	8	9	5	7	3	1	2
8	5	1	3	6	2	9	7	4
3	4	9	7	8	5	2	6	1
6	7	2	1	4	9	8	3	5
1	3	5	2	9	6	7	4	8
2	8	4	5	7	3	1	9	6
7	9	6	8	1	4	5	2	3

154

6	5	1	8	2	9	7	3	4
3	8	4	1	7	6	9	2	5
9	7	2	4	5	3	8	6	1
8	2	5	7	6	4	3	1	9
4	3	7	9	1	2	6	5	8
1	9	6	3	8	5	4	7	2
5	6	8	2	4	7	1	9	3
2	1	3	6	9	8	5	4	7
7	4	9	5	3	1	2	8	6

155

1	3	8	9	2	7	4	6	5
6	9	2	4	5	1	7	8	3
4	7	5	3	6	8	1	2	9
5	4	7	8	9	2	6	3	1
8	6	9	5	1	3	2	7	4
2	1	3	7	4	6	9	5	8
7	5	4	2	3	9	8	1	6
9	8	6	1	7	5	3	4	2
3	2	1	6	8	4	5	9	7

156

8	6	1	7	4	9	5	2	3
5	4	3	8	6	2	9	1	7
2	7	9	3	1	5	8	6	4
4	9	5	6	3	8	1	7	2
1	3	8	2	7	4	6	9	5
7	2	6	5	9	1	4	3	8
3	5	7	1	8	6	2	4	9
6	8	4	9	2	7	3	5	1
9	1	2	4	5	3	7	8	6

157

3	4	7	2	1	8	9	6	5
8	5	9	6	3	4	2	7	1
6	1	2	5	7	9	3	8	4
2	8	5	7	9	3	1	4	6
7	3	4	8	6	1	5	9	2
1	9	6	4	2	5	8	3	7
5	2	3	9	4	7	6	1	8
4	6	1	3	8	2	7	5	9
9	7	8	1	5	6	4	2	3

158

2	9	7	4	8	5	1	6	3
3	6	5	9	2	1	7	4	8
8	1	4	6	7	3	2	9	5
6	4	2	5	1	9	3	8	7
9	7	1	8	3	6	4	5	2
5	3	8	7	4	2	9	1	6
1	2	9	3	5	8	6	7	4
7	8	6	2	9	4	5	3	1
4	5	3	1	6	7	8	2	9

159

4	9	6	3	2	8	1	7	5
5	3	1	6	7	9	8	4	2
8	2	7	5	1	4	6	3	9
3	5	4	1	9	6	2	8	7
2	1	9	8	3	7	5	6	4
7	6	8	4	5	2	9	1	3
9	4	2	7	6	1	3	5	8
1	7	3	2	8	5	4	9	6
6	8	5	9	4	3	7	2	1

160

3	2	9	5	8	6	4	1	7
6	1	8	7	2	4	3	5	9
5	4	7	9	3	1	2	8	6
1	5	3	8	4	9	6	7	2
9	8	2	6	7	3	1	4	5
4	7	6	2	1	5	9	3	8
7	3	5	1	9	2	8	6	4
2	6	4	3	5	8	7	9	1
8	9	1	4	6	7	5	2	3

www.ingramcontent.com/pod-product-compliance
Lightning Source LLC
LaVergne TN
LVHW020430080526
838202LV00055B/5117